GALLARDO

Por Ramon Gallardo

Editado por

Alberto O. Cappas

Victor Aguilar S.

Editor Asistente

Angelica Aquino

ISBN: 9781707736027

Copyright © 2020 by
Buffalo Latino Village
PO Box 742
Buffalo, NY 14209

Publicado en cooperación con "The Educational Pledge"
theeducationalpledge@gmail.com

buffalolatinovillage.com
theeducationalpledge.com

Ramon Gallardo

Introduction:

Editor

Por Victor Aguilar

Mi experiencia al participar en la edición.

Dentro de toda mi experiencia en el área del diseño editorial, la cual, ya suma una importante suma de años, nunca había tenido la oportunidad de participar tanto ni tan directamente con el contenido en sí como en esta ocasión, y que experiencia tan grata en verdad, ya que si bien, he tenido oportunidad de realizar algunos viajes largos a América del Sur en donde uno puede conocer de temas relacionados con el lugar y el tiempo en el que se encuentra, pues de tal forma, cada una de las columnas que forman parte de este libro, nos hace generarnos una imagen tan clara de las situaciones y de los tiempos que se vivían cuando resonaba el *taca-taca* de la máquina de escribir de Ramón Gallardo en las oficinas del *Latin Journal*.

Son de tan fácil lectura y la forma tan clara con la que Gallardo nos describe aquellas situaciones que se vivían al final de los años 70's y principios de los 80's que uno perfectamente se imagina esas comunidades puertorriqueñas y mexicanas de las que tanto habla. Creo que el mejor *punch*, o el gancho que Gallardo tenía, era esa forma tan personal y coloquial de narrar en tan pocas palabas toda una situación... *You know, he was the best!!!*

La razón de GALLARDO

ACERCA DEL EDITOR

Alberto llegó a Buffalo en 1968. Llegó a estudiar en la Universidad Estatal de Buffalo y recibió su licenciatura en el 1973. El estableció como estudiante la organización puertorriqueña PODER (Puerto Rican Organization For Dignity, Elevation and Responsibility).

Él también fue la persona central en el desarrollo e implementación del Departamento de Estudios Puertorriqueños y la entrada a la facultad de medicina y de abogacía de estudiantes afro-americanos y latinos.

Después de recibirse, empezó a laborar como asistente al vicepresidente (director asociado) de la Oficina para Asuntos Estudiantiles Minoritarios.

Alberto O. Cappas fue el fundador y el editor del Buffalo Latin Journal en los comienzos de los 1970s. Unos meses después fue presentado a Ramon Gallardo por el colega Tino Mejia. Gallardo y Mejia eran miembros del Club Mexicano-Americano.

Ambos se compenetraron inmediatamente, ya que compartían el don del sentido del humor. Ramon nació como escritor el minuto que conoció a Alberto.

Alberto por su parte, había escrito desde que salió de la escuela reformatoria. Fue allí donde descubrió sus habilidades al escribir cartas y poemas (a familiares y novias) de otros en su estadía en la reformatoria (Warwick State Training School.)

Además de este libro, él es el autor de varios: Dona Julia, una antología de sus poemas; Never Too Late to Make A U-Turn; The Educational Pledge: Questions to Self-Development y también es autor de la reconocida prosa/poema: The Educational Pledge", la cual es un recurso en el sistema escolar.

El libro, **GALLARDO**, es un fruto del amor. Ramon Gallardo fue un hombre con un alma imaginable, y un espíritu creativo. No fue reconocido ni apreciado por la comunidad.

En 1981, la publicación se declaró en bancarrota. En 1985, Alberto regresa a Nueva York, y allí trabajó en varias posiciones en el sector público. Se jubiló de la Administración de Recursos Humanos de La Ciudad de Nueva York en el 2010.

Nunca se deshizo de las columnas mensuales de Gallardo ya que le había prometido que algún día las iba a publicar. Al enterarse del fallecimiento de Gallardo en el 2009, empezó con el proyecto de publicar el libro.

Alberto contactó a varios de sus amigos para que le ayudarán a publicarlo, pero no tuvo éxito.

Busco casas editoriales, pero no encontró ninguna. La determinación de publicarlo lo conlleva a invertir más de USD $12,000.00 de sus propios fondos.

Le pagó a alguien por la traducción del manuscrito al idioma inglés. Lamentablemente la computadora se fundió y se perdió el trabajo--el traductor no tenía otra copia. 90 por ciento de la inversión se fue en la traducción.

Por consiguiente,Alberto tomó la decisión de publicar en su original, con la intención de publicarlo en Inglés después de completar el primer proyecto. Alberto contrató al editor mexicano, Victor Manuel Aguilar Sanchez para así acabar el libro.

Tomó más de USD $12,000.00 de los fondos de Alberto para llevarlo a cabo. A la edad de 74, Alberto espera que la gente tome el tiempo y compre el libro y la oportunidad de llegar a conocer al gran hombre, RAMON GALLARDO.

RAMON GALLARDO

Columnista, Buffalo Latin Journal

RAMON GALLARDO fue el nombre de la columna publicada durante años en el Buffalo Latin Journal. Esta fue publicada durante los años 70 y principios de los 80. La columna fue nombrada en honor a su escritor, Ramon Gallardo Sr.. La columna se convirtió en el segmento más popular en el Latin Journal. Ramón Gallardo presentaba noticias de la comunidad y destacaba las actividades y acciones de los líderes hispanos, utilizando su don como escritor. A través de su columna informaba sobre la participación social y política de los líderes comunitarios-- y el impacto directo, negativo y positivo, en las comunidades hispanas de Buffalo y El Condado de Erie.

El fundador y editor del diario latino, Alberto O. Cappas, describió la esencia de los escritos de Gallardo cuando Cappas dijo: "*Gallardo capturó los latidos del corazón y la mentalidad de una comunidad latina puertorriqueña emergente y en crecimiento*". Cappas como Gallardo fueron presentados entre sí por Juventino Mejía en el entonces famoso Club Mexicano en la Ciudad de Lackawanna. Ellos se convirtieron con el tiempo en colegas y amigos, con devoción y respeto mutuo. Cappas añadió: "*Ramon Gallardo añadió emoción y alegría a mi vida. Sus columnas fueron escritas de una manera que hizo reír a los lectores y les dio alegría al leer su columna*".

La vida de Gallardo comenzó en Puerto Rico en 1931. Se mudó al oeste de Nueva York justo después de obtener su diploma de escuela secundaria en 1950. Poco después, en 1951, se casó con Lupe Grajeda. Él y su esposa criaron a su familia de tres hijos en Lackawanna y Blasdell, NY.

La familia y la vida laboral de Gallardo estuvo por dos años de servicio militar durante la Guerra de Corea, donde fue asignado a Alemania. Después de su regreso al oeste de Nueva York, trabajó durante 33 años en Bethlehem Steel trabajando dentro de la planta de horno de Coke (Coke Plant). Durante este tiempo, también estudió para ser electricista, graduándose de la Universidad de Búfalo en 1972.

Esos son los simples hechos de la vida de Gallardo.Estos hechos no transmiten su dedicación y compromiso con la historia y la cultura hispana en el oeste de Nueva York. Gallardo dedicó su vida al mejoramiento de la comunidad. Dio muchas horas al "Centro Social Mexicano" en Lackawanna, donando su tiempo y conocimiento a los recién llegados, a familiarizarse con el estilo de vida americano, mientras ayudaba a encontrar vivienda, escuelas, aprender el idioma y otras necesidades básicas.

El Club de Competencia Social celebraba los feriados nacionales mexicanos y se convirtió en un eje para la comunidad--dando la bienvenida como amigos y familiares a los que se mudaron al oeste de Nueva York.

Y como se mencionó anteriormente, Gallardo ofreció su voz como defensor de las causas hispanas. Trabajó como disc jockey y comentarista para la estación de radio "La Voz Hispana" junto con Rafael Pérez y **Juan Texidor.** Como columnista del Buffalo Latin Journal, Gallardo abogó por mejor vivienda y empleos, al mismo tiempo que buscaba salvaguardar el patrimonio cultural hispano.

Las inspiradoras obras y palabras de Gallardo sentaron las bases de los éxitos de hoy mientras los hispanos continúan soñando y luchando por una vida mejor. Su liderazgo ejemplar vive hoy en aquellos que siguen sus pasos, empoderando a las nuevas generaciones para que sean defensores del cambio. Ahora esas palabras serán preservadas para las generaciones futuras. Las columnas originales se publican en este libro apropiadamente en honor al hombre que tanto contribuyó a la comunidad hispana: Ramón Gallardo.

Esta publicación es posible, gracias al apoyo y cooperación de **Juventino Mejía** y a la familia Gallardo que nos dio sus bendiciones para seguir adelante con el proyecto. También, un agradecimiento especial al editor de Latin Journal, Alberto O.

Cappas, por preservar el trabajo de Gallardo y compartirlos con la comunidad de Búfalo.

Declaración de Alberto O. Cappas: 'Un día, Peter Simon, columnista del Buffalo Evening News, me llamó a casa y pensé que quería entrevistarme sobre mi periódico, ya que era el fundador y editor, así como su editor en inglés. Bueno, Peter Simon comenzó a hablar de un escritor para el Buffalo Latin Journal llamado Ramon Gallardo, sobre sus escritos, su estilo, sus historias, y las numerosas y positivas llamadas que ha recibido con respecto a la columna, Ramón Gallardo.'

Ramón nació en Mayaquez, Puerto Rico, el 31 de agosto de 1931, y fue criado por su abuela después de la muerte de sus padres.

Ramón fue el tercer hijo de Edward Gallardo Santiago y Cielo Pérez Rosado, y tuvo dos hermanas, Vigy y Alicia. Dejó Puerto Rico en 1950 para mudarse a Los Estados Unidos.

Ramón recibió su diploma de la Escuela Secundaria el 2 de junio de 1950, emitido por el gobierno de Puerto Rico. Se recibió de la Universidad Estatal de Nueva York - Buffalo, en el 1972, recibiendo su licenciatura en Trabajo Social.

Su jornada en Los Estados Unidos:

Ramon Gallardo conoció a su futura esposa, Lupe Grajeda, en 1951 y se casaron en Chicago, Illinois, el 19 de enero de 1952. Ramón y Lupe establecieron su hogar en Lackawanna, N.Y.. Se mudaron a Blasdell y criaron una familia, compuesta por tres hijos: Rachel Rodríguez – nacida el 11 de noviembre del 52; Ramon Jr., nacido el 8 de octubre del 56; y Kathleen Patricia – nacida el 11 de octubre del 60.

Nietos: Christina Rodríguez; Nicholas (esposa Jennifer), William & Daniel Gallardo, Jimmy Mazzone; Nieto: Dorian.

Ramón y Lupe se divorciaron el 2 de julio de 1987.

Breve historia:

Ramón Gallardo se unió al Ejército de los Estados Unidos: 9 de junio de 1952, estacionado en Fort Riley, Kansas, asignado a Alemania durante la Guerra de Corea, sirviendo dos (2) años, dejando el servicio como cabo, recibiendo una baja honorable el 25 de mayo de 1960.

Trabajó durante treinta y tres (33) años en la Planta de Acero de Bethlehem, ubicada en Lackawanna, N.Y. Fue durante su empleo en la planta de acero donde fue reclutado por **Juventino Mejía** y lo convenció de seguir la educación superior (aceptado en SUNYAB)

Ramón también tomó clases para ser un Controlador de Tráfico Aéreo. Se retiró de la planta de acero de Belén en 1984. También trabajó como trabajador social para la Nación Séneca en North Collins.

Después de su divorcio de su esposa Lupe, Gallardo se estableció en Tampa, Florida en 1984, con su nueva compañera, Irma Montanez. Ramon Gallardo fallece el 9 de marzo de 2009. Fue enterrado en el Cementerio Nacional de Florida.

Además de su amor por la escritura, disfrutó y le encantó la música latina, tocando Timbales con Chepo, Pucho, el Cubano y Yayo. También se desempeñó como DJ y comentarista para la emisora de radio La Voz Hispana, junto con **Rafael Pérez** y **Juan Texidor.**

Fue miembro por un largo tiempo del Centro Social Mexicano Club de Lackawanna, N.Y. Muchos creían que Ramón Gallardo era de ascendencia mexicana. Amaba a la cultura mexicana y a su gente, especialmente a su esposa mexicana Lupe, una verdadera mexicana de corazón.

GALLARDO

AMAR O PECAR

Año: 1940, Lugar: Estados Unidos de América… Se pone un joven su mejor traje con chaleco y apestoso a repelente de cucarachas; se dirige a la casa de su novia… ¡¡la va a pedir!!

"Señor Serapio, he venido aquí a pedir la mano de su hija para casarme con ella." El viejo mas nervioso que el novio, le contesta… "¿tiene usted trabajo con que mantenerla?" "Si señor, trabajo para el Latin Journal". "Pues entonces tiene mi bendición."

Año: 1979, Lugar: Estados Unidos de América… "Mira mamy, si tu me quieres no tenemos condiciones ni problemas… si nos casamos, vamos a pagar impuestos hasta por las narices y nunca tendremos un chavo para ir a deleitarnos mientras que si vivimos juntos, sin casarnos, es como poner dinero en el banco."

¿Broma?, ¿Bochinche?, ¿Sátira o gallardadas? No Way!!

La Iglesia Católica es muy explícita cuando de vivir un concubinato se refiere. El matrimonio es una cosa sagrada. Pero… aparentemente el gobierno de U.S.A. no lo ve así.

Resulta que, al presente, una pareja de casados que tienen que trabajar ambos para poder sufragar los gastos de tan enorme inflación, tienen que pagar mas "taxes" que una pareja que tan solo viven juntos, debido a que el que vive junto se puede cualificar como soltero mientras que la pareja casada tienen que reportar sus "taxes" como pareja y si los reportan individualmente se los come un caballo. Por ejemplo: Dos personas solteras que ganen un promedio de $10,000 al año - por supuesto- podrían pagar un total de $1,177 cada una/o con un total de $2,354 por los dos… separadamente. Pero, si el jíbaro ese le da con casarse… la misma pareja pagarían $391 más. ¿Porqué? Porque son casados.

¿Quién quiere vivir en pecado? Nadie… diría yo. Pero, será posible que nuestro propio gobierno nos proponga en sus miserables leyes que es más barato vivir en pecado que en la forma como lo dicta ¿la Biblia, la Iglesia y la dignidad de un hombre?

Nunca le he pedido ayuda o explicación al Padre Rodríguez… pero en este caso… creo que una pequeña explicación está en orden… ¿qué dice usted Padre Rodríguez?

AVE MARIA... ¡¡QUE LOLA!!

Esperamos... y esperamos impacientemente. Por fin, llegó; el día que tanto esperábamos... el 28 de octubre, 1978.

En ese día, se le brindó tributo a un gran número de personalidades dentro de la comunidad hispana a nombre de una gran señora que supo ser amable, cariñosa y ciega cuando de color, raza o religión se trataba para con sus amigos y necesitados.

El comité Puertorriqueño-Chicano (Inc.) de Búfalo, demostraron tener la paciencia y la sangre fría que se necesita en muchas ocasiones para tratar con los hispanos... tanto aquí, allá, o donde quiera. La asistencia al evento fue magnífica. Su comportamiento excelente y su presentación (personal) digna de elogios. Un gran número de caballeros, optaron por rentar tuxedos y no sólo se veían admirables, sino que le dieron al evento un aire de personalidad distinguida, tal como el latino sabe hacerlo cuando le toca y así lo desea. Raúl, Albert, José y otros distinguidos miembros de la comunidad se encontraban entre los tuxedos (ados). La comida estuvo excelente, aunque (no estoy muy seguro) me pareció escuchar a alguien en la mesa contigua a la mía, quejarse de que no le dieron palillo de dientes (¿en el Statler?)

Una parte del programa que me llenó de júbilo y alegría fue cuando el Alcalde de la Ciudad de Lackawanna, Hon. Edward Kewik, hizo el anuncio que había proclamado el 28 de oct. 1978 como “Lola Perez Day... recibió un gran aplauso y muy bien merecido.

Hubieron muchos comentarios en las mesas sobre quién y porqué ciertas personas recibieron placas en este evento. Como siempre, nunca falta uno que le ponga falta a todo. Yo, soy de opinión, que el P.R.C.C. no iban a gastar su tiempo y dinero en placas para individuos (que se la merecían o no) simplemente para matar el tiempo. Estoy seguro que todos recipientes fueron bien escudriñados antes de ser nominados.

La música de Nito Carrasquillo y T-Bon no estuvo muy mal. Fue variada y de la forma que la gente estaba bailando, estoy en completa seguridad que la música estaba T-Boneandoles el cerebro.

Para mi sorpresa... el trío No, que nos deleita con su buena música en el Club Mexicano todos los fines de semana, causó gran impresión con el público. Sus canciones rancheras y su forma de incitar al público a participar en sus canciones es una verdadera forma de "showmanship".

Buen trabajo, muchachos... y si no se vuelve a repetir...

SHAME - ON - YOU!!

ASPIRA... SI LULACS... NO

Varias personas que leen mi columna en El Diario lo hacen, en su mayoría, porque dicen que... "yo los hago reir". Esto para mí, es un cumplimiento que agradezco sinceramente. Desafortunadamente, no todo en la vida es gracioso. Los problemas que nos persiguen son tantos que a veces tenemos que reir para olvidar, pero la risa puede ser como la del payaso que ríe por fuera y llora por dentro.

Recientemente en El Diario, en su columna "Los Otros Americanos", pude leer un artículo el cual me llenó de espanto. Se trataba en dicho artículo, sobre la violación de derechos perpetrada por la organización L.U.L.A.C. (League of United Latin American Citizens) en querer extender sus llamados centros de servicios en la parte Este de Estados Unidos. Según el artículo publicado en el Diario, existe o existía un acuerdo verbal en el cual los LULAC's mantendrían sus servicios fuera del Este donde los puertorriqueños predominan y la organización Aspira es la representante de estos.

Sorprendentemente, esta NO ES la primera vez que los LUCAQUILLOS quieren extenderse al Este; el que así lo crea, está más equivocado que Wrong-Way-Wally, porque a fines del 1950 o principios del '60 (no recuerdo bien) ellos (los LULACS) vinieron a Buffalo y llamaron una reunión especial en el Club Mejicano y allí hubieron nominaciones y elecciones en la cual el presidente del club mejicano, Francisco Rivera, fue electo como comandante del ramo LULAC en WESTERN NEW YORK. En dicha elección, aunque habíamos varios puertorriqueños presentes, ni uno fue electo a puesto alguno con la excepción de aceptarles como "simples miembros". La discordia que existía o existe (quien sabe) en Chicago, ILL., fue debido a los Chicanos querer ser representantes de toda la comunidad hispana (Esto fue dicho a mi por un representante de LULAC). Ahora, estos señores, que no están interesados en la comunidad en sí y si en las concesiones de dinero que el gobierno federal hace a dichas organizaciones, quieren extenderse al Este y traer consigo las discordias y riñas que dichos actos cultivan.

Los mejicanos del Oeste de Nueva York y los puertorriqueños aquí también residentes, han convivido siempre en una hermandad que ningún otro estado o área puede igualar, y de esto estamos orgullosos. Los LULACS, por el contrario, parecen llevar consigo el estigma de la discordia. Los hispanos tenemos suficientes problemas en la comunidad y no necesitamos que venga ningún "buscón" a propagar el odio ni el rencor entre nosotros mismos. ¡¡TRABAJA Y VIVE DE TU SUDOR!!

ANUNCIOS NO-CLASIFICADOS

Estando yo como de costumbre mirando pa' donde se guisa, recibí una llamada del señor Juan D. Lospaslotes, abogado no muy notario. "Gallardo", me dijo, "¿leíste lo que escribió un señor en el Diario en conexión al asunto de anuncios en la radio, los cuales no siempre resultan ser sinceros?" "Seguro que lo leí", le contesté, "pero... ¿por qué me preguntas?" "Te pregunto porque tu también estuviste en la radio en un tiempo y creo que me puedes dar un la sobre el asunto, no para hacer bochinche como ustedes en el periódico, sino para mi propia información." "Está bien," le dije, "pero el asuntito ese de bochinche te lo hechas al bolsillo de la relojera, ¿ok?" "Si chico, no te ofendas." "Pues bien," comencé a relatarle, "los anuncios de la radio son la fuente que permite que estos permanezcan en el aire... por supuesto que a veces uno puede pasar un anuncio y dicho anuncio no tiene valor en el sentido que lo que uno anuncia no es verídico. Por ejemplo: tu oyes anunciar que en la tienda tal y cual se compran viandas frescas a precios razonables... uno dice eso porque el dueño de la tienda quiere que así lo anuncien, pero cando tu vas a la tienda, por lo regular, no tienen viandas ni frescas, ni viejas y si las tienen, los precios de razonables no tienen ni batata... ¿me entiendes?" "Si te entiendo Gallardo, pero entonces ¿por qué estos tíos en la radio pasan esos anuncios sabiendo ellos que son falsos?" "Pues como te dije antes, los anuncios son los que mantienen y ayudan a sufragar los gastos de los programas, los cuales, déjame decirte, de baratos no tienen nada. Yo estoy de acuerdo contigo en el sentido de que no es bueno engañar al público con anuncios falsos, pero tienes que darte cuenta que el dichoso peso a veces tiene más poder sobre el nombre que su integridad. Fíjate, los periódicos locales siempre están pasando artículos sobre las organizaciones que quieren abolir la prostitución, las películas clasificadas sexuales y hasta prohibir los perros que lo hagan en público, pero en el mismo periódico encuentras todos los títulos y el nombre del teatro donde se han de exhibir dichas películas... en otras palabras, el anuncio no tiene nada que ver con el negocio indirectamente, pero si tiene que ver en la forma comercial." "Bueno Gallardo, ¿y tu crees que hay alguna forma en que esto se pueda remediar?" "la única forma, creo yo, sería que cuando uno anuncia un establecimiento, artículo o lo que sea, y descubramos que dicho establecimiento o artículo no es lo que pretende ser, los anunciadores deben dar primeramente noticia a éstos de su falsedad y si persisten, entonces pesos o no pesos, rehusar anunciar tal falsedad." "Gallardo, yo creo que eso es lo mejor y le voy a decir a mis amigos en la radio en el Oeste de N.Y. que así lo hagan... y muchas gracias por tu opinión". "Gracias tu también por llamarme y como siempre, aquí estoy". "Adiós Gallardo" ... "Adiós Juan" ...

¡AY! QUE VERGÜENZA ME DA...

La mujer, dicen por ahí, por ser mujer, tiene derecho a cambiar de opinión a su discreción. El alcalde de Búfalo, James D. Griffin, por ser alcalde, tiene derecho a meter la pata cuando se le antoje y los antojitos son tan comunes que ya no dan gracia.

En el llamado Distrito Teatral de "Downtown" Búfalo, se encuentra localizado un centro para ayudar los derelictos que el alcohol a hecho de sus vidas un infierno. Dicho centro conocido como "Night-People Drop-in Center" ayuda como mejor puede a estos desamparados, bien sea con una sopita caliente o un catre donde pasar la noche. Esta gente, los cuales son víctimas de una enfermedad, han sido señaladas como las nuevas víctimas del alcalde de la aldea, porque según él, son un "chorro de Bums" que dan a la aldea (ciudad) un mal ejemplo. Yo, francamente creo que... "toda la ciudad de Búfalo es un mal ejemplo...", y no solamente los llamados "bums" que el alcalde tanto aborrece.

Mike Healy, escritor del Courier, dice en su columna que... "después de deshacerse de los bums, el alcalde indiscutiblemente, se deshará de la oficina de desempleo (que está cerquita del distrito) y luego los cojos, los mancos, los sordo-mudos y los pobres pobres que no tienen buena ropa porque el alcalde no va a permitir que venga la gente pudiente al Distrito Teatral a ver semejante espectáculo. ¡Bien dicho Mike! Esto me recuerda algo que leí en el libro "Mexico and the Caribbean" escrito por Lewis Hanke, en el cual, dice que cuando la conferencia Panamericana se reunió en México en el año 1901-1902, el entonces dictador Porfirio Díaz ordenó que no se empleara ningún indio en los hoteles de la ciudad para que los visitantes no fuesen a tener la opinión de que México era un país de puros indios.

No podemos negar que alguna vez hemos sentido un poco de vergüenza por un acto cometido por algún amigo o familiar. Meter la pata es humano, perdonar es de cristiano; pero tener vergüenza de lo que no podemos evitar o remediar de la forma que lo hizo Díaz en México, y ahora Griffin en Búfalo... eso dota de estupidez con E capital.

1978...
AÑO DE CONSUMACION

¿QUÉ ES CONSUMACIÓN? Consumación pueden ser muchas cosas. La graduación de un hijo/a... es consumación, el descubrimiento de una nueva droga (beneficios en su uso) es consumación, el servir en las fuerzas armadas y salir honorablemente, es también consumación... pero la definición que hoy uso en esta breve columna no dota de lo de arriba indicado sino de lo que la comunidad hispana de Búfalo y lo que se espera de algunos hispanos por primera vez, esa es la consumación a que yo hago referencia.

En la furiosa contienda beisbolera de la liga americana, los Yankees de Nueva York han hecho de la contienda una recuperación tal, que si mi tío se hubiese recuperado tan rápidamente del ataque al corazón que le dio en Puerto Rico hace como 10 años, no se hubiese muerto. Bueno... mejor dicho, se hubiese muerto de todas maneras porque mi tía lo iba a matar "anyway"... pero volviendo al caso, en la historia del beisbol de grandes ligas, nuestro puertorriqueñísimo lanzador Yankee, Ed Figueroa, puede que logre ser el primer puertorriqueño en la historia de ganar 20 juegos en las ligas mayores. ¿Que si nos causa esto orgullo? ¡¡WHAOO!! You better believe it!! ¿Y porqué no? Su nombre no representa solamente al puertorriqueño, sino denota que los hispanos en general podemos acatar los altos puestos de los que los americanos son capaces y orgullosos. Ed Figueroa, aunque no cumpla su ambición, es digno de orgullo de nuestra comunidad. ¡¡Así sea!!

Otro acto de consumación muy importante lo es el que se ha de llevar a cabo en el Hotel Statler de Búfalo el día 28 de octubre. En esta memorable noche, el Comité Puertorriqueño-Chicano de Búfalo tendrán el grandísimo honor de brindar tributo a varios miembros de nuestra comunidad Latina (pasados y presentes) los cuales, en su opinión, (del P.R.C.C.) han contribuido al mejoramiento de nuestra pequeña y humilde comunidad Latina en el Oeste del Estado en que vivimos. Las personas elogiadas, serán elogiadas a nombre de una de las personas más activas, humilde, honorable, responsable y simplemente humana en todo el sentido de la palabra... esta honorable persona lo fue... Doña Dolores Pérez, mejor conocida como Doña Lola Pérez. Su afán en ayudar al necesitado no tenía fin, sus horas de trabajo no tenían reloj y su amor por el prójimo solamente se puede comparar con Nuestro Señor.

Dicen que Dios castiga sin palo y sin fuete... pero si en alguna forma nuestro Señor nos ha castigado, ha sido en forma violenta, quitándonos a tan amable y respetuosa señora.

Miguel Rivera y todos los oficiales del P.R.C.C. merecen ser nominados como ciudadanos del año por haber concebido tan grata idea... no de honrar al viviente, sino a Doña Lola Pérez, en una noche de honor y orgullo para todos. Good Job!!

No podemos parar con tan memorable acto porque hay otro más en perspectiva... el de seleccionar nuestra Reina Puertorriqueña... Este acto, según entiendo, se llevó a cabo hace varios años, pero no fue bien organizado y "capaplum", cayó en un pozo. ¿Ha de caer en un pozo nuestro nuevo esfuerzo?... Si cae, los ahogados seremos nosotros, los Latinos, no el concurso... ¿Qué merecen nuestros más entusiásticos esfuerzos para que sea un éxito?... Ni hablar, pero de hablar ya estamos hasta aquí... $#%&*... acción y

cooperación es lo que las muchachas esperan y merecen y si no se la damos, somos un chorro de... (to be continued).

BASTA YA... BOCA-ABAJOS

Es cosa natural que sintamos orgullo cuando vemos el nombre de un hispano que ha logrado acatar una obra digna de elogios. También es natural que sintamos náuseas al ver que alguien en nuestros rangos sea identificado como un rata, y desafortunadamente, de esos parece que hay más que de los otros.

En su libro "Puerto Rico – Una Interpretación Histórica", el autor, Manuel Maldonado Denis, dice que, de los puertorriqueños mas oportunistas en la historia de la isla, ninguno sobrepasa a Luis Muños Rivera. En su afán de mantenerse en una posición de poder, este hombre le brindaba su amor infalible a los españoles cuando estos dominaban la isla. Muños, les besaba hasta donde no debía y cuando la cosa se puso fea y los americanos le limpiaron el pico a los españoles y tomaron posesión de la isla, Muños corrió a ofrecerles sus servicios a los gringos y les decía a sus hermanos que los americanos eran muy buenos y que les recibieran como "salvadores". Por supuesto que los americanos le dieron un buen puesto al alcahuete, digo, a Muños.

Ahora en el año 1979, aparece otro alcahuetito de nuestra raza que cada vez que abre la boca solo sale basura en lugar de palabras. Este alcahuetito no es otro que el Gov. de Puerto Rico, Honorable(?) Carlos Romero Barceló. Este gobernador de cartón dijo en las Naciones Unidas que Puerto Rico está en buenas manos con los americanos y ni Cuba ni nadie tiene que intervenir en sus asuntos políticos. Puede que tenga razón en un sentido, pero no debe olvidar este señor que Cuba y Puerto Rico, lucharon por su libertad juntos, y si P.R. no obtuvo su libertad de los españoles, fue porque muchos optaron por mirar en lugar de luchar... pero eso es historia. Ahora, este mismo gobernadorcito tiene la frente de concreto de atreverse a decir abierta y descaradamente que si el presidente de Estados Unidos, Jimmy Carter, decide perdonar los 5 presos puertorriqueños que atentaron contra el Congreso, y contra la persona del entonces presidente, Harry S. Truman, que estos (los presos) deben hacer "acto de arrepentimiento" públicamente. El acto cometido por estos compatriotas fue un acto de violencia, el cual, indiscutiblemente tiene que ser castigado como lo manda la ley, pero estoy seguro que la ley no incluye nada en lo que a rebajarse se refiere. Romero Barceló en su afán de buscar la estabilidad de la isla, la cual no va a obtener, quiere besar la parte donde no le da el son a los americanos y espera que todo el resto de nuestros ciudadanos, presos o no, sigan su avilantado ejemplo. Bien dice nuestro compañero de labores en Rochester, Pedro A. Maneiro, en su columna de enero 24... "¿Cómo puede alguien pedir a éstos cinco mártires, quienes han sacrificado todo por sus ideales y creencias, que ahora estén arrepentidos de lo que han hecho?" Romero Barceló, aparentemente no conoce lo que es tener dignidad ni orgullo. Puerto Rico no está progresando rápidamente para mantenerse al tanto de los sucesos mundiales, y con gobernadores que solo saben besar y besar mucho menos ha de progresar. Francamente y con sinceridad ahora digo yo... "Ay bendito".

BUFALO Y SU IMAGEN

La ciudad de Búfalo, N.Y. es la segunda más grande población y tamaño del estado --N.Y.C. es la primera-- pero es Búfalo la primera en la nación en cuanto a la imagen de ser un lugar malo para vivir se refiere. El porqué, tiene varias explicaciones; unas válidas y otras no. Por ejemplo, Búfalo está identificado con inviernos largos fríos y nieve a granel. Que los inviernos sean largos y friolentos no podemos hacer nada; de la nieve a granel... (en el suelo, me imagino) se le puede echar la culpa tanto al gobierno de la ciudad como a los ciudadanos inconsiderados que mientras más inviernos ven menos saben cómo adaptarse a ellos.

Cuando más de cinco (5) mil personas se salen de sus casas calientitas en medio de un "Blizzard" para ver un juego de "basketball" o de "hockey", creando tremendo tapón en toda la ciudad, esto, caballero, no es fanatismo sino simple y pura estupidéz con letra mayúscula y acento en la "é". De más está decir que éstos mismos eses... son los primeros en gritar cuando las calles no pueden ser limpiadas de nieve porque "se murió la batería" o "me atasqué".

Otro ejemplo del porqué la imagen de Búfalo es tan baja se vio recientemente en la presentación del juego de fútbol (soccer) en el "Memorial Auditorium".

El comentarista deportivo de WKBW- (Radio TV) Rick Azar, dio comienzo a la payasería (que hace de Búfalo un hazme reír en la nación). "Señoras y señores "welcome" al primer juego de "hockey" en la ciudad de Búfalo. "¿Hockey?"... Rick Azar, es de descendencia española y en España, con la excepción de los toros, no juegan otra cosa sino fútbol y que este hombre no sepa la diferencia entre uno (Hockey) y el otro (fútbol-soccer) manda a llorar una piedra de la cantera de Ponce. "Y ahora con ustedes mi compañero de labores, Jim Karvellas, quien recibe un sueldo por comer perros calientes en el aire y decir lo que opina y no lo que ve". Así debía de haber presentado Azar a su compañero de mete patas. "Muchas gracias Mick" - "No es Mick, es Rick"… "sí, mi buen amigo Rick y yo le estaremos trayendo juego por juego este inolvidable evento en éste gran "Municipal Stadium" desde la gran ciudad de (en secreto... ¿Cómo se llama éste lugar?) "ah ... si la tan conocida ciudad de Búfalo, Colorado." "Espera, no es Colorado es Nueva York... hay dos Búfalos". "Perdón, se me olvidaba que hay dos... aparentemente Dios no siempre sabe lo que hace", pero vamos a tomar un minuto para la identificación de la emisora que nos paga el salario... "están ustedes en sintonía con la emisora WBKW en Búfalo, NY. "En éste momento el director de programas que se tomaba un pequeño trago de lo que tenía en la taza dijo..."NO BK you stupid so and so ... is KB!!". Pero ya era tarde. Lo dicho ya estaba dicho. El daño ya estaba hecho y Rick Azar, Jim Karvellas y WKBW, (or is it WBKW) dieron más crédito a la insensata imagen de que la ciudad de Búfalo es sinónimo de estupidéz. "NEXT CASE!!!"

FELIZ NAVIDAD PARA TODOS LES DESEO DE CORAZON

BARBARASOS

Los maleantes que robaron el equipo de sonido del edificio del comité Puertorriqueño-Chicano en la calle de Virginia, se merecen un tanque lleno de gasolina... no como recompensa, sino para que se pinten de estos alrededores puesto que gentes tan descaradas no tienen lugar en una comunidad decente como la nuestra.

Alberto Cappas, presidente del Diario, me acaba de mandar un cargamento de papel y sobre con el nuevo encabezamiento del periódico... y es una verdadera chulería.

El señor "Pucho" Olivencia, co-ordinador de la fiesta de la calle Swan en Búfalo, dice que este año se celebraran no uno sino tres (3) días de puro vacilón en él y los alrededores del centro puertorriqueño P.R.A.C.A. el 27, 28 y 29 de Julio. Para celebrar tres días consecutivos hay que tener chavos, pero si no tiene, puede que su crédito sea bueno.

Otro periódico latino que salió al mercado hace poco tiempo, no ha enseñado la cara ni la primera plana por todos los alrededores de Lackawanna desde su primera edición. ¿será posible que Lackawanna no sea parte de nuestra comunidad latina o es que se volvió todo aguaje? ¡¡Díganme algo!!

Siento mucho que no pude atender a la fiesta-cena del señor Miguel Medina, candidato a representante del Distrito Ellicott. Esta era con el propósito de recaudar fondos para los gastos de dicho candidato. Según tengo entendido, habrá otra fiesta-cena con el mismo propósito en Agosto... Cooperen, no sean macetas.

Mi buen amigo y colega del Diario, John Moffitt, también tiró su sombrerito en la arena política y fue endorsado por el partido Republicano para representante por acumulación (Councilman-at- Large). "Atta Boy, John."

Esta nueva forma de columna saldrá una vez al mes si ustedes, los leyentes así lo desean... y si no la desean, se la meto por los ojos "any way" ...

....BARBARASOS, SI... BARBAROS, NO.

CHANTAJE TIPICO

Dice el dicho que solo el cobarde le pega a otro cuando está caído, pero aquí en el Condado De Erie es la forma más típica de las corporaciones de conseguir lo que deseen y lo malo es que por lo regular les da resultado.

Hace varios años, la compañía de acero Bethlehem Steel se aprovechó de la situación crítica de desempleo en el Condado y le pidió a la ciudad de Lackawanna que redujera sus amillaramientos (assessments) bajo amenaza que de no hacerlo cerrarían la fundición, lo cual resultaría en una maza de desempleo para miles de trabajadores. Los políticos, tanto del condado como del estado, unieron sus voces y en coro le dijeron a la ciudad de Lackawanna que, de no hacerlo, ella, la ciudad, sería responsable de los acontecimientos. Como no se puede pelear con tanta gente, la ciudad angustiadamente se dio por vencida y bajó los dichosos amillaramientos, los cuales, bajarían los impuestos de la corporación y los cuales, a cambio, y como consecuencia, serian injustamente pasados a los residentes, puesto que alguien tiene que pagar los impuestos y las consecuencias. MORAL: Mas Vale Una Corporación Contenta Que 50 Mil Ciudadanos Con Coraje.

Ahora, la Ashland Oil Co. también ha presentado el mismo jueguito a la ciudad de Tonawanda.

Según sus razones, Ashland reclama que la venta de gasolina en el condado ha bajado drásticamente y por lo tanto sus tanques de almacenaje se están desbordando y como nadie compra su gasolina (porque en Canadá es más barata), ellos se verán en la obligación (?) de cerrar la refinería, aunque sea temporalmente. ¿Chantaje?... ¡¡No!! Listerine?... "XXX Rated".

Tal como reporté en el Buffalo Evening News hace varios meses, la avaricia de los dueños de puestos de gasolina les ha costado no tan solo la clientela, sino la pérdida de miles de dólares en entradas y salidas sin entradas. Muchas personas descubrieron que ir a Canadá y llenar el tanque de gasolina no tan solo era más barata, sino que el dólar vale más que el dólar canadiense, por lo tanto, había como resultado dos economías en una. Pero esa es tan solo una parte... la segunda parte, lo es que personas como yo, que usaba aceite para calentar mi casa, al ver que me subían el precio del galón a como les diera gusto y gana y cuando les diera su capricho, cambiamos a gas y ahí se fue otra explotación por la ventana.

Dicen que el que busca fuete pa´ su C...., tarde que temprano lo encuentra. Ashland Oil Co. lo buscó, lo encontró y ahora quiere que los "taxpayers" de Tonawanda le pongan vaselina. ¡¡Si eso nos es fuerza de cara, que venga Dios y lo vea ... WHAO!!

CLARIDAD DE LA CALLE ... OBSCURIDAD DE LA CASA

Todos aquellos que alguna vez hemos dejado los vicios por un momento y hemos cogido en nuestras manos la sagrada Biblia, sabemos la historia de Adán, el primer hombre, y Eva su costilla. Eva, según la Biblia, mordió una manzana que tenía un gusano por dentro, el cual le picó la encía y ella inmediatamente se le fue atrás a Adán, quién aparentemente corrió como alma que lleva el diablo pero corrió muy lento y lo cogió Eva y lo desparramó y el señor los echó del paraíso porque violaron sus mandamientos.

Esa, que yo sepa, es la primera historia del hombre, relacionada con la manzana. Luego han surgido otras menos interesantes hasta que por fin, ahora sí, surgió una historia interesante en relación con la fruta esa.

Resulta que unos cultivadores de manzanas en los estados de Virginia, W. Virginia, Maryland y nuestro propio N.Y., se juntaron para pedir (por segunda vez) a la Corte Distrito que les permita traer trabajadores de Jamaica a colectar la cosecha de manzanas porque necesitan trabajadores inmediatamente o se pudre la cosecha. El Juez de Distrito, James C. Turk, dijo en su decisión que sí ... pueden traer los jamaiquinos a trabajar en sus plantaciones. "Momento...", gritó el abogado por el gobierno, Paul R. Thomson Jr., "Tenemos puetorricans a to' lo que da que pueden hacer ese trabajo sin tener que traer extranjeros... What's the matter con you?" "Mire, compay Pablo, lo que sucede es que los mismos dueños de fincas dicen que los Jamaicanos son mejores trabajadores que los ricans y también aseguran dichos dueños de fincas que aun si quisieran reclutar ricans para colectar la cosecha no consiguen los suficientes para terminarla, pero, los ricans, aunque traigan Jamaicanos, siendo ciudadanos americanos, tienen primera preferencia, siempre y cuando que puedan hacer el trabajo..." le contestó uno de los dueños de finca. "Bueno, dígame usted, ¿Y quién decide si un trabajador puede hacer el dichoso trabajo o no?" "Pues me imagino que el dueño de la finca que no quiere los puertorros allí en primer lugar... ¿No?" "Exacto..." contestó el abogado. Y es precisamente por esa razón que no veo razón que tengan que traer jamaicanos a hacer una labor que nuestros ciudadanos puertorriqueños pueden hacer, ¿Capish?" "Si, yo comprendo, pero nosotros los "farmers", tenemos "pull" y podemos conseguir lo que querramos con estos jueces, mientras que ustedes lo único que pueden hacer, es ruido que no les sirve de nada en la mayoría de los casos... ahora usted ¿Capish?" "¡¡¡Sí, y ojalá que te coma un doggie ..." le contestó el abogado mientras cantaba "sale loco de contento con su cargamento para God Knows What...!!!"

CLEMENCIA PARA CLEMENTE

El pasado 31 de Marzo se celebró una pequeña fiestecita en el Holiday Inn de Bufalo con la buenísima intención de recaudar fondos para para contratar un artista hispano que ha de pintar un mural con rasgos (como dice el diario) de la vida de tan destacado atleta puertorriqueño, Roberto Clemente. Dicho mural, según tengo entendido, se pintará en la clínica de salud del West Side, la cual el Ejecutivo del Condado, Ed Reagan, la proclamó oficialmente con el nombre de "Clínica de Salud Roberto Clemente."

El conocido locutor hispano Eric Pérez estuvo a cargo de dicho acto. Él también, si se acuerdan todavía, estuvo a cargo del acto que se llevó a cabo en North Collins el día de Reyes. Pero... ¡ah! El maldito pero... según me cuentan algunos de mis colegas, el acto del Holiday Inn no fue un éxito... algo que yo sinceramente esperaba que fuese. ¿Por qué? Pregunto yo... ¿no es posible que los hispanos algún día hagan algo de lo cual se sientan orgullosos? La idea del "get together" era NO REGALAR TRAGOS Y COMIDA... SINO DE RECAUDAR FONDOS. Entonces, ¿por qué HAY por ahí tantos insensatos que fueron a comer y beber sin pagar? Según tengo entendido, hubo una concurrencia de más de ciento cincuenta personas, de las cuales (pongan atención señores) más de la mitad no pagaron ni donaron nada para tan conmemorativo evento. ¿Es que no les da vergüenza? ¿O es que no tienen? ¿No creen estos cacheteros que ya es hora de que se dejen de vivir del prójimo y aprendan a rascarse su propio cu... cllito como lo hacen los demás? Yo no hago excusas para nadie... pero el Diario Latino en un editorial explicó que nosotros, los que trabajamos en dicho periódico, sentimos orgullo de trabajar de gratis para la comunidad tenga el mismo. Nos gustaría con todo sentimiento poder cubrir todos los eventos que se llevan a cabo, pero se nos hace imposible pagar entrada en cada uno de ellos, por lo tanto, un boleto de cortesía no le hará ningún roto en el bolsillito de la organización... esto yo lo miro como algo consciente... no como un acto de cacheterismo (¿de donde diablos saqué yo esa palabrita?).

El señor Pérez dice que el comité encargado de recaudar fondos para dicho mural está abierto para ideas y sugestiones... No estaría mal que de vez en cuando alguien conteste el tele... y he aquí una sugerencia... ¿por qué no llevar a cabo un "drive" en el cual se van a pedir donaciones en las casas de familia y lugares públicos tales como clubes, barras, etc. Yo estoy seguro que nadie ha de morir porque no se tome una cerveza o se fume un cigarrillito de esos "funny looking". Es una vergüenza que somos claridad de calle y obscuridad la casa.

CLARIDAD DE LA CALLE, OBSCURIDAD....

En nuestra edición de Julio 26, 1979, reportamos con mucha pena la muerte del compositor puertorriqueño Don Pedro Flores. Su muerte, como siempre sucede en estos casos, trajo por consiguiente que se publicara un poquito de su autobiografía. Muy pocos, estoy seguro, sabíamos que Don Pedro, como amablemente se le solía llamar, nació en Naguabo, P.R., y mucho menos que nació en el año 1894. Sus canciones, tal como dice el Diario, son conocidas en toda latinoamérica y en Estados Unidos, y de esto podemos estar orgullosos, ¿right? Wrong... en lugar de orgullosos debíamos esconder la cabeza debajo de la arena para no enseñar la vergüenza que debíamos sentir por la increíble hipocresía que de la noche a la mañana se ha despertado en nuestro (una vez) humilde pueblo.

Por años y años, el jíbaro puertorriqueño era la base de ridiculez, de burla y risería en nuestra querida isla. Pero con el "descubrimiento" del Tercer Mundo, el jíbaro ha sido colmado de elogios, especialmente por las orquestas y otros grupos musicales, los cuales ahora todo es jibarito pa'cá y jibarito pa'llá. Cuando antes decían que... "ciertos individuos llegaron a este país pegando freno con el dedo grande del pie", queriendo decir que eran jíbaros malos, ahora ciertas canciones elogian a dichos individuos. ¿Existe Razón para que tal hipocresía sea tan abiertamente practicada?

¿Por qué siempre lo de afuera es más digno (?) de reconocimiento que lo propio nuestro? O sea, hasta que otro le da su merecido reconocimiento y entonces gritamos... "Es puertorro", "es nuestro". Las veces que he ido en los últimos años a visitar la isla, la música es "rock" y los programas de televisión son presentados con y por artistas no puertorriqueños. En una fiesta compré una botella de ron

Bacardí y allí se quedó en la mesa sin que nadie la tocara. Le pregunté al dueño de la casa por qué no tocaban el ron que yo compré y muy sinceramente me dijo que... "Mijo, aquí nadie bebe esa porquería, J&B sí". Volviendo al caso de Don Pedro, él aparentemente conocía esta debilidad mental de sus compatriotas y si analizamos sus años de vida, veremos que, de sus 85 años de edad, gran parte de ellos los vivió fuera de la isla (Nueva York, Cuba, México), donde, según el mismo Don Pedro, expresó en una conferencia... recibió los mayores triunfos y siendo Cuba (no Puerto Rico) donde se le brindaron los mayores reconocimientos.

Esta actitud de nuestro pueblo es una mancha que, en mi concepto, es más digna de pena que de crítica. El hijo del pueblo, es solamente el título de una canción, Claridad de la calle, Obscuridad de la casa... ¡¡AH!! Eso es lo mío. PHHTT!!

CURVAS PELIGROSAS

Cuando aún residía yo en la isla de encanto, 1948 para más exactitud, mi prima hermana sintió deseos de visitar la gran metrópolis de Nueva York y aunque el avión se echaba más de 8 horas de vuelo, así lo hizo. Salió, llegó, miró, no le gustó y se pintó. Al regresar a casa dijo que en los Estados Unidos solamente los perros y las mujeres tienen derechos y protección de la ley. Yo, no sabiendo a lo que se refería, no le puse mucha atención, pero ahora después de tanto tiempo, caigo en cuenta a lo que se refería.

En los últimos años, las mujeres de este país han venido brincando y saltando en su afán de tener igualdad de derechos a los de los hombres. Están en la Ford, la Bethlehem y como el arroz blanco, están en todas partes. Los hombres, mientras tanto, estamos echando para atrás como el cangrejo (no en todas partes gracias a Dios) por leyes absolutamente absurdas y ridículas que surgen, regularmente.

El caso de ultraje es y será siempre un caso muy serio. Miles de casos no son reportados a la policía por miedo al ultrajador o por vergüenza. La ley castiga severamente aquellos encontrados culpables, pero Oregón, Iowa y desde el día 1° de Enero hizo su entrada en New Jersey la ley que permite castigar a un hombre por ultrajar su esposa aun viviendo juntitos. Recientemente, en Oregón, un hombre fue acusado por su esposa de ultrajarla. Sí hubiese sido encontrado culpable, le cabían 20 años detrás de las rejas, pero fue encontrado inocente por un jurado compuesto de 8 mujeres y 4 hombres. Aquí en el estado de N.Y. no existe tan ridícula ley, por lo cual debemos dar gracias a Dios. Pero uno no sabe lo que el futuro nos traerá. Si llegamos a la situación de que el pobre esposo en la casa no encuentra ná' y si se va la Chippewa a la cárcel pué'... pará ¡¡Hágame el favor!!

El llamado sexo débil siempre ha tenido la ley en su favor y una ley de tal índole simplemente es un arma más para añadir a su armamento bajo el disfraz de protección. Tal ley, es peligrosa en todo el sentido de la palabra. Una peleíta matrimonial y ella corre al teléfono, llama a la policía y les dice... "mi esposo me ultrajó." Y "good-bye Charlie".

Abuso es abuso y ultraje es ultraje, pero tener que hacer un "appointment" con la esposa para tener derecho al sexo... esto me huele mal.

CALLEJON SIN SALIDA

Mi diccionario de $1.98 plus tax, me dice que la definición de la palabra "crítica" es ... "el acto de juzgar, analizar las cualidades y evaluar el valor comparativo de algo".

La crítica fue, es y será incordio de algunos y bendición de otros. Si usamos la crítica eficientemente, podemos alabar lo bueno y corregir lo malo, pero lo malo es que todo el mundo cree que lo hizo bueno y si lo hizo malo aun quiere que le digan que lo hizo bueno. (What?) (Si usted no entiende lo que acaba de leer, no se sienta inferior, yo que lo escribí no lo entiendo tampoco). Es increíble la cantidad de personas que, de la noche a la mañana, sin experiencia o conocimiento alguno, deciden que van a "trabajar" en algo, sea este un proyecto, un programa o simplemente algo político. Dicha decisión es muy comendable y como siempre hemos dicho, necesitamos más y más personas que deseen envolverse en los diferentes programas para que tengamos más representación; pero lo malo es que cuando lo hacen (envolverse), no quieren oír nada que no sea elogios. Es menester que el público sea educado en el arte de saber dar y saber recibir. Exponerse uno al ojo público, gratis, de cachete o recibiendo más de $10,000 por su trabajo (como yo en el Diario), trae por consecuencia el aceptar lo bueno con lo malo. La Sagrada Biblia, hoy día es criticada no tan solo por ateos, sino también por cristianos incrédulos... por lo tanto, si encontramos falta en las Sagradas Escrituras... ¿Quién es usted para decir que no tiene o comete faltas?

En los años que llevo escribiendo para el Diario Latino, he sido un simple observador de lo que nuestros lectores dan énfasis y de lo que suelen hacerse de la vista larga. Es humano desear publicidad, ver su retrato o su nombre en el periódico, ver su cara (con o sin pimples) en la tele... todo esto es humano... pero lo que siento merecedor de crítica, es que solamente desean ver el lado bueno, lo comendable, pero si meten la pata, olvídate. En ocasiones cuando he criticado alguna persona por acto o actos cometidos contra nuestra sociedad, he sido criticado hasta el extremo que si me llamara Jesús sería crucificado. Eso sí lo ven... pero cuando he escrito "criticando" un buen acto llevado a cabo por personas se les hace difícil o imposible encontrar quien les preste 15₵ para dar las gracias no a mí... yo no necesito ni gracias ni invitación especial, pero al periódico, el programa radial o a la base de dicho elogio, para dejarles saber que aceptamos lo bueno con lo malo... eso sí es parte de ser humano.

Recuerde que el que no quiere tirar o emitir gas de los intestinos... no debe comer habichuelas....

DE DOS EN DOS

Después de un largo y frío invierno, la llegada de la primavera realza los ánimos y no tan solo da paso a que nazcan las flores, sino que también da paso a que renazcan nuevas ideas y objetivos en la mente de todos nosotros.

En la ciudad de Búfalo, el comisionado de policía, James Cunningham, cuenta con dos miembros de sus azulados en lo que yo prefiero llamar "la fuerza montada". Dicha fuerza cuenta con dos miembros los cuales patrullan ciertas áreas montados a caballo. El comisionado, ahora que el Centro de Convenciones está abierto, ha asignado dichos oficiales a patrullar el área alrededor de dicho centro. Pero... como siempre suele suceder en Búfalo, estos preciosos animales (los caballos, no los policías) carecen del cuidado que necesitan para mantenerse saludables y en condiciones para hacer la labor esperada de ellos. No obstante, el público ha sido invitado a que cooperen con donaciones monetarias para ayudar al sostenimiento de dichos animales. Si usted desea contribuir, estoy seguro que una llamadita a cualquier precinto será suficiente para saber dónde puede mandar la misma y estoy seguro que su benevolencia le será bien agradecida tanto por los caballos como por los policías.

Otra idea del comisionado lo es el tener otros dos policías montados. Pero éstos no montaran a caballo... montaran en bicicleta. "No Bull..." Dos policías estarán haciendo sus rondas en bicicleta, las cuales no han sido reclamadas por sus respectivos dueños. La fuerza de pedales estará en el área del lado Oeste de la ciudad, pero no sé si cubrirán la "Virginia"; y si la cubren... favor de tratarlos con respeto y no tirarles nada, especialmente piedras. Recuerden que dichos oficiales solamente están obedeciendo órdenes y la idea esta buena debido a la crisis de gasolina que nos rodea. "Rigth?... rigth!!"

También el comisionado de policía ha jurado que este verano definitivamente se enforzará las reglas de seguridad que aplican a los ciclistas. "Los accidentes de bicicletas han de terminar de una forma u otra..." dijo el comisionado: por lo tanto, y cojan oreja, si un menor es detenido por alguna infracción tal como tener dos o más en una bicicleta, pasar una luz roja o manejar su bicicleta en el lado opuesto al tráfico, dicho menor, por ser menor, recibirá una reprensión; pero si dicha infracción es cometida por un adulto, éste no recibirá una represión y si recibirá una cita (summons) por violación a las leyes de tránsito. Razonable o no, esto es lo que se puede esperar en el verano de nuestros oficiales estén montados a caballo, en carro o en su "ten-speed" bike.

"OBEY THE LAW... IS FOR YOUR OWN BENEFIT."

DEJAMELO VER

Por fin llegó la primavera al oeste de Nueva York y a la gran ciudad de Búfalo. La llegada de la primavera significa que el verano no está lejos, y en el Verano soñamos con tres actividades que nos llegan de año en año para traer alegría a nuestros corazones después de nuestros famosos inviernos que le meten miedo a los esquimales de Alaska.

El primer evento lo es el palo encebáo de Pucho y Co. en la calle Swan esquina Pittsburgh (yo sé que es Chicago, pero déjalo así) en el lado éste de la ciudad. Este evento por lo regular se celebra en Julio y allí vemos caras que no hemos visto en años y vemos caras que desearíamos no ver por muchos años, pero... ¿Qué se va hacer?

El segundo evento, el cual esperamos con ansias locas, lo es el desfile y festival que celebramos todos los años en el lado bajo del lado oeste de la ciudad todos los años con o sin cooperación (lo cual, de más está decir, le debe dar vergüenza a los que no cooperan en esta grandiosa actividad). Allí en la Virginia, aunque sea por un ratito vemos cosas increíbles y cosas que son tan graciosas (como las piernas de Steve González) que hacen el pasa día un verdadero día inolvidable. Las empanadillas (que ahora a los puertos les ha dado con llamar pastelillos) siempre son buenas al igual que la carnita frita, no importa la edad que tenga (la carne... you dirty old man...) Los empleados del Latin Journal, siempre hacen su aparición con sus guardaespaldas, por supuesto, para que el público vea sin distinción alguna, quién es que le dice como se bate el cobre.

Luego, es indiscutible, que el tercer evento es de suma importancia para todos... hispanos, gringos, prietos y amarillos. Es el evento de la exposición de arte que se lleva a cabo en el famoso Allentown. Allí se juntan críticos, artistas, músicos (de todas las razas) y el público en general. Unos van a novelerear (?) otros van a darse una fría con sus amigos, otros van a hacer intercambios de arte con sus contemporáneos, lo cual es una cosa muy artística y respetuosamente llevada a cabo. Otros... como mi esposa y yo, vamos simplemente porque es en parte un deber cívico, no tan solo apreciar el arte, aunque no compre, sino también dar crédito a aquellos que tan fuertemente trabajaron durante el año para hacerlo un éxito en todo el sentido de la palabra.

De los tres eventos, por poco perdemos el último este año, pero gracias a dios y la comprensión entre los dirigentes y los dueños de establecimientos en Allentown... "Everything Is Going To Be A-11 Ok." ¡¡LO TENDREMOS!! Lo cual demuestra que querer es poder y por medio de esta columna, los invito a participar en todos estos eventos directa o indirectamente... "After all, Whom Do Think You Are... ME??

DESPUES DE LA PATADA... UNA BUENA CARCAJADA

Yo pensé que con el veredicto que trajo el jurado en el caso de Richard Long (¿se acuerdan del muchacho que mataron a patadas pero que no fue con intención de golpearlo?) habría terminado con el mismo. Pero no, el caso aún está vivito y coleando, y estará si siguen con el relajito que se traen los jueces y otros envueltos en el mismo.

El pasado viernes, mayo 26, la División de Apelaciones de la Corte Suprema del Estado, con una votación de 5-0, rindió una decisión, la cual dice que los tres policías suspendidos de la fuerza por su participación en el asesinato del joven Long, tienen derecho a recibir pago en la cantidad de $11,500 cada una. Esto, según ellos, se debe a que la ley de Servicio Civil dicta que todo cargo tiene que ser resuelto en un período de 30 días o pagar, pagar y pagar. Y pagar es lo que la ciudad de Búfalo va a tener que hacer a menos que como tiene en mente el Consejero de Corporación, Joseph P. McNamara, apelar esta decisión a una corte más alta.

No hay vergüenza caballero... lo que hay es una suerte que solo dios sabe. Fíjense, en primer lugar, uno de los tres zapateros, aunque fue identificado y señalado por los otros dos cantantes, no fue convicto, ni siquiera acusado del crimen. Su crimen es no cooperar en la investigación. Los otros dos, que confesaron haberle dado puños, patadas y jalones de pelo al joven Long, pero no con la intención de causarle daño físico alguno, fueron convictos de cargos, menos a los que se le habían acusado; serán sentenciados el día 30 de mayo y se especula (whao!!) que a lo mejor no vayan ni a la cárcel y si van será por un tiempo mínimo.

El veredicto de estos hombres (?) causó furor en la comunidad debido a que la mayoría del público pensó que dicho veredicto no le hace justicia al crimen cometido. En otras palabras, como se dice por lo regular... "they got away with murder...", ahora para abrir más la herida, aparecen los 5 jueces de la Corte de Apelaciones y dicen que hay que pagar $11,500 a cada uno... y, ¿de dónde usted cree que saldrá ese regalito?... right, del pobre bolsillo de los taxpayer. Pero tan solo siento un consuelo... y es que los 12 jurados que les dieron ese tremendo "brake" a los pateadores, también tendrán que contribuir con sus taxes para pagarles por violar la ley.

La ley es la ley, es la ley... pero esto es rídiculo...

DOÑA LOLA PEREZ II

Una vez más, por segunda vez, otra vez, el P.R.C.C. De Búfalo nos deleitó con grandioso baile-cena para conmemorar la memoria de nuestra querida amiga, hermana y madrina de todos, Doña Dolores (Lola) Pérez en el Hotel Statler de la ciudad de los buenos vecinos.

De más está decir que la actividad fue un éxito, si no financieramente, socio-lógicamente. Las personas que allí recibieron placas por su dedicación al engrandecimiento de la comunidad hispana, fueron más que bien halagadas. Los aplausos que cada uno de los recipientes recibió del público, dieron a demostrar que el público en general estaba de acuerdo con dicho reconocimiento.

Entre los dignatarios allí presentes encontramos muchos oficiales públicos de la ciudad de Lackawanna, la cual siempre sobresale en cuento a relaciones públicas se refiere. Entre ellos estaba el Honorable alcalde de la ciudad, Edward J. Kuwik, el señor Anthony (Cuffy) Caffero, actual presidente del Concilio de dicha ciudad y candidato a reelección, Jerry DiPascuale, "City Clerk" y otros reconocidos miembros de las fuerzas armadas de la ciudad de Lackawanna, y mientras ellos adornaban la mesa #34, la mesa #35 no se quedaba atrás. En dicha mesa se encontraban dignatarios de la prensa tal como Peter Simón, amigo nuestro, y muy reconocido columnista del Buffalo Evening News, el señor Dennis Hollins, también periodista del Evenning News, el señor Frank Berger, famoso fotógrafo del Latin Journal y a quien acompañaba una preciosa damita cuyo nombre no tuve la oportunidad de saber. Mi esposa, recientemente recipiente de un "award" de parte de la oficina de viviendas H.U.D., allí también adornaba nuestra mesa.

El mariachi Puebla nos deleitó con sus incomparables canciones mejicanas, las cuales fueron de gran deleite para todos. En la parte "salsosa" nos deleitó Nito Carrasquillo con sus Libertados... y hablando de libertados, a mí me libertaron de unos cuantos pesitos, ya que me cobraron la botella de Pepsi a $2. Es bueno sacar "profit", pero $2 por una botella de Pepsi no es nada de que alabarse uno.

La concurrencia, aunque no tan grande como el año pasado, puede que se haya debido al mal tiempo (no del clima, sino del bolsillo). Siendo ya pasado el tiempo de despedirnos, el Mariachi Puebla nos deleitó con varias canciones en nuestra mesa y al ritmo de Las Mañanitas, nos despedimos de nuestros amigos diciendo tristemente... "Buenas Noches y nos vemos el año que viene si Dios quiere."

DAME LA MALETA QUE ME VOY...

Muchas compañías que empleaban miles de trabajadores se han ido del estado de Nueva York por cuestiones de impuestos. Igualmente, miles de dichos desempleados se han ido también en busca de ambiente por otros lares. Pero una persona, mi buen amigo Pepe, alias el Che, me llamó para despedirse porque le cogió miedo no al desempleo, sino a los políticos del estado.

"Gallardo... ¿Cómo estás?" "bien", le contesté, "¿en que puedo servirte?" "pues te llamé para despedirme porque en este lugar ya no se puede vivir... ¿supiste lo que quería hacer la legislatura en su búsqueda de la pena de muerte?" "Leí algo, pero no le puse mucha atención", le contesté, "¿qué te asustó?" volví a preguntarle"; "pues chico, mira que estos políticos la quieren de todas maneras y no les importa que violen los derechos civiles ni la Constitución en su afán de matar a alguien legalmente". "Me estás vacilando, ¿verdad?" le pregunté... "No man, fíjate si tengo razón... la legislatura no tan solo quería pasar la pena de muerte en el estado, sino que se fueron tan abajo a querer imponer tres nuevas ocasiones en que se aplique. ¿Tú te acuerdas que antes era que se aplicara si mataban un policía, o un guardia penal tratando de escapar, ¿verdad?" "Sí, así era como lo querían..." "Pues eso ya cambió, o lo quieren cambiar... ahora los pisa-blandito y duele-duro, estos se han atrevido a querer añadir que se aplique la pena de muerte a cualquier persona que haya cometido un asesinato en el pasado, pero que aún no se le haya celebrado juicio. Esto es claramente en violación a la Constitución, la cual dice que a ninguna persona se le puede infundir un castigo más severo, que el que podía mandar la ley cuando se cometió el crimen... ¿te fijas?" "¿que si me fijo?, es viejo" le contesté. "Bueno, el segundo boo-boo de los imbéciles estos, quieren imponer la pena de muerte también a toda persona que cometa un asesinato en el transcurso de un robo, un ultraje o cosa similar. No que yo esté de acuerdo con robos y ultrajes, ¿me entiendes Gallardo? pero encuentro dicho castigo muy severo puesto que nunca lo hemos tenido en el estado. Y el tercer boo-boo, como te dije, es el querer permitir que se lea en corte el récord criminal del acusado... cosa que nunca se ha permitido en la nación... Así que como ya usted ve, estos políticos están tan afanados en buscar votos para ellos y sus amiguchos, que le limpian el pico a cualquiera, no importa que lo mande la ley o no. Por esa razón me pinto de todo esto, porque yo una vez me robé una gallina, y si lo descubren me sientan en la caliente".

"Pues me da pena verte ir..." le contesté, "pero francamente yo creo que tal como dices tú, ellos están buscando votos para sus amigos y a la vez, presentarse como amigos del pueblo, que tiene más miedo que nada, y a la vez presentar al Gob. Carey como un enemigo, puesto que él se opone a la pena de muerte. Pero no te apures, que la gente que quede en el estado no es tonta, y ellos ven y conocen un oportunista cuando lo ven... Si aun así deseas irte, te deseo suerte y cuando digas I LOVE N.Y., añádele: pero el doctor me prohibió sentarme en cosas calientes, especialmente si tienen 20,000 voltios."

EL AYUTAMIENTO DE BUFALO...

(Un cuerpo impío)

El presidente Abraham Lincoln dijo una vez que... "uno puede coger algunas personas de lo que son, algunas veces, pero que uno no puede coger a toda la gente de lo que es todas las veces..." o algo así por el estilo, pero sin embargo, el Ayuntamiento de la ciudad de Búfalo acaba de hacer exactamente eso (cogerlos de lo que son) a un sinnúmero de personas.

Resulta que dos añitos atrás, el Consejo o Ayuntamiento, mejor conocido por muchos como el "Common Council", formó un cuerpo de ciudadanos prominentes de la ciudad para revisar y recomendar cambios en la Cédula de dicha ciudad. Los revisadores se echaron como dos años en su trabajo, el cual, indudablemente causó sacrificios a muchos de ellos... (no bingo, no pic-nic, no nothing) o sea un promedio de 17,520 horas. El presidente de dicho Consejo, Delmar Mitchel, nombró un comité para revisar las recomendaciones hechas por el cuerpo de surumos... digo, de ciudadanos, y créanlo o no, el comité se echó exactamente 20 minutos en revisar y rehusar casi toda recomendación presentada. Mas de 60 páginas de recomendaciones fueron asesinadas por los tres mosqueteros asignados a revisar el trabajo de dos años de estos ciudadanos. Los tres mosqueteros son: El concejero Raymond Lewandowski del Distrito Lovejoy, Horace C. Jonhson del Masten y el Consejero General Richard F.Okaniewski.

Entre las recomendaciones rechazadas por los mosqueteros estos (que precisamente están en el "Dog House") figuran... Abolir la junta de asesores, (compuesta de tres expolíticos que ganan $18,700 al año y no se les ve la careta por el "City Hall" nunca), también recomendaron que el Alcalde no sirva más de dos términos y como estas, muchas buenas recomendaciones fueron tiradas a la basura por Jonhson & Co.

Esta arrogancia refleja lo que sucede cuando una persona está en una posición de poder mucho tiempo. Que Lewandowski y Okaniewski (or whatever) estén en desacuerdo no me sorprende... todos sabemos que los políticos-- como los policías-- se protegen uno al otro, pero que Jonhson se haya hecho partidario de esta farsa... no lo puedo creer. ¿Es que acaso ya se le olvidó los sacrificios y las discriminaciones y abusos a que fueron sujetos sus gentes? ¿O tienen razón algunos de los negritos que dicen que cuando un negro sube a un puesto de reconocimiento se le sube a la cabeza y se vuelve un "Uncle Tom"? Johnson no piensa correr para reelección y por eso a lo mejor no le importa lo que piense el público que lo eligió.

El Consejo acordó ahora --debido a la presión del público-- no aceptar el reporte de los tres mosqueteros y el Consejo completo revisarán el reporte de los ciudadanos... Amén... pero, sin embargo, cuando lo propusieron, una vez más, Lewandowski y Jonhson se opusieron. Y ya estamos en eso, sería una buena idea revisar la oficinita esa que hicieron el año pasado, cuando los puertorros del W. Side hicieron ruido y que supuestamente está en comunicación con el alcalde para escuchar querellas y recomendaciones de los ciudadanos hispanos... ver para creer ¿No? Saha.

EAST SIDE....WEST SIDE

El pasado 4 de julio, la Asociación Puertorriqueña-Americana de Búfalo, celebró su anual carnaval en la calle Swan, siendo el mismo, como siempre, bien planeado por Agustín (Pucho) Olivencia y su combo.

El domingo 25, se llevó a cabo otro carnaval o festival, como lo prefieran llamar, pero este tuvo lugar en el "Puerto Rican" barrio de Búfalo, o sea en la calle Virginia del "West Side".

Éste último evento fue engalanado con un sin-número de carrozas (carros alegóricos para los mexicanos) y estuvo repleto de talento local, los cuales bailaron, cantaron y hasta jugaron dominó.

Uno de los actos que más me sorprendió, fue el no ver policías en la vecindad, pero si vi un gran número de caballeros que portaban pequeños letreros en el sombrero o en la manga de la camisa que leían... "Security", le pregunté a mi buen amigo Steve Santiago, que cómo funcionaba eso, y me contestó... "nosotros somos capaces de mantener el orden y no necesitamos policías aquí". Esto es francamente un acto sin palabras para honrarlo, puesto que el mismo (acto) le sirve de ejemplo, no tan sólo a otras comunidades, sino también a la misma policía y al "City Hall" que se creen que ellos son los únicos que saben pensar. En las horas que estuve allí, no vi ni un solo acto de desorden... felicito a todos los que tan duro trabajaron, pero ya ven, que su esfuerzo no fue en vano.

Ahora me gustaría preguntar el porqué el club de la Swan y el comité de la Virginia no se ponen de acuerdo y usan sus esfuerzos juntos para llevar a cabo estos carnavales, ya que se consideran como un "acto anual" y que las gentes los esperan con ansiedad.

Estos son actos culturales y como tales, deben ser presentados, no como una competencia para saber cual quedó mejor o mucho menos puesto que en ellos sólo vemos un acto voluntario con sacrificios por el lado y por tal razón, no hay, ni debe haber primero ni segundo... todos por igual. Nuestra comunidad está un poquito dividida por causas que no comprendo, pero no debemos dividirla más de lo que está... participemos y respaldemos lo que tenemos. El comercio hispano –en su mayoría—rehúsan cooperar con los programas de radio y con este periódico. Muchos establecimientos son tan "ignoramus" que dicen que no necesitan anunciarse porque ya tienen sus clientes establecidos. Esto se puede cambiar muy fácilmente... Por lo tanto, vuelvo y repito, dejemos a un lado el East y el West, Búfalo es una sola ciudad, Erie es un solo condado y como tal, la comunidad hispana no debe ser dividida por líneas marginales. Una vez más felicito a estas organizaciones por su labor bien rendida y a los que no desearon cooperar ni en una forma y otra... a ellos les digo: ...El mundo es grande y da muchas vueltas... y a la vuelta los esperamos.

EL TUBO VICIOSO

Dicen por ahí que los inventos vienen como consecuencia de la necesidad. Que esto sea cierto... ¿Quién soy yo para decir lo contrario? Pero lo cierto si es que uno de los inventos modernos más controversiales tiene, sin lugar a dudas, que ser la dichosa televisión.

Este tubo que trae tanta dicha y felicidad a tantos millones de personas diariamente, también es culpable de traer malas influencias y en algunos casos, mente como un visitante a la calle Chippewa. Hoy día, dícese que los niños y jóvenes de las escuelas no están al tanto de leer y escribir porque no han desarrollado su mentalidad a un nivel elevado. Dicen algunos psicólogos que la culpa de este problema lo tienen la radio y la tele, pero yo diría que la tele es la verdadera culpable porque muchos la miran como algo ejemplar. La idea de que la tele influye la mente, la podemos ver en el caso que sucedió en Búfalo recientemente... en dicho caso, un avión lleno de pasajeros fue forzado a aterrizar en Búfalo y ser sujeto a una búsqueda de varias horas debido a que una de las camareras encontró una nota en el cuarto de baño, la cual daba instrucciones de que dicho vuelo fuese dirigido hacia San Diego, Cal., en lugar de su destino propio. Lo notable del caso, es que la noche anterior habían enseñado una película en la tele, la cual dotaba de un caso similar. No se encontró ninguna bomba en el avión, pero la pérdida de tiempo y la inconveniencia a los pasajeros y personal del aeropuerto, de chistoso, no tiene nada. Esto es solamente un ejemplo. En otro caso en Florida, un jovencito fue encontrado culpable de asesinado al matar una vecina a quien intentaba robar. ¿Por qué la mató? "Porque así es que hacen en la tele para que no hallen testigos..." dijo el jovencito. ¿Se han fijado en las mujeres que anuncian los diferentes productos? Ellas tienen calzado de taco alto, diamantes, relojes y en algunos casos, están esperando un cliente en un restaurante con una toalla de papel en la mano porque saben que tan pronto entre, va a derramar algo... pero no lo hace... "I'm ready for him..." dice la vieja idiota. La ropa interior de mujeres la demuestran abiertamente para que vean lo bien que levanta el "wonder-bra" y así sucesivamente.

Que la tele tiene influencia sobre nuestras vidas y decisiones... no cabe duda. Pero en este caso, el bien no triunfa sobre el mal... esta es la "Pepsi-Generation" y si cambia, no ha de ser por algo mejor. Recuerden... regresaré dentro de un pequeño receso para venderles algo que no sirve o necesitan.

EL ULTIMO GRAND-SLAM

El pasado domingo, tuve la dicha y el orgullo de ir a ver a mi hija Patricia, graduarse de escuela superior en la Escuela Frontier. Mi alegría también fue acompañada de desesperación al ver aquellos cientos de jóvenes graduándose, que en su mayoría comenzarán a enfrentarse con un mundo lleno de necesidad, codicia, pecado y desempleo. Algunos continuarán sus estudios e irán a colegio. Otros, menos agraciados, cogerán lo que encuentren... si es que encuentran algo.

Seríamos cínicos si no quisiéramos aceptar el hecho de que algunos tomarán el camino de la perdición, quizás en su desesperación por falta de empleo, y terminarán detrás de las rejas. Pero... ¿Qué se puede decir del que hace bien? Y en su avaricia, estupidez o ambas termina detrás de las dichosas rejas. Desdichadamente, de eso dota esta columna.

Uno de los más conocidos peloteros del béisbol organizado tanto en Puerto Rico, como en los Estados Unidos, lo es (fue) Orlando Cepeda. Su nombre en la isla era conocido y admirado desde el más joven, hasta el más viejo. Honores en su nombre nunca faltaron. Era un orgullo decir que Cepeda era puertorriqueño. Pero hoy día, eso pasó a la historia. El nombre de Cepeda no es orgullo para nadie. ¿Por qué? Porque al pobre Orlando lo picó la abeja... no detrás de la oreja, y si en el cerebro. Este pobrecito fue arrestado en la isla con un cargamento de marihuana como de 164 libras con un valor en la calle de casi un millón de dólares. Este pobrecito, aparentemente tuvo que depender del mercado de drogas para subsistir porque los $200,000 o por ahí, que ganaba "jugando" pelota no era suficiente para vivir "cómodamente". El una vez orgullo de la isla, orgullo de los Gigantes de San Francisco y orgullo de los Medias Rojas de Boston y otros, de la noche a la mañana pasó a ser "persona non-grata" por su estupidez y posiblemente avaricia. Su nombre en Puerto Rico no es identificado como un héroe, sino como un "bum". Los niños que asistían a su escuela de pelota, dejaron de asistir, el dueño del gimnasio donde él solía hacer ejercicio, le prohibió que lo usara o volviera porque... "tu nombre no es bueno para el negocio..."

El ex héroe, el pasado viernes pasó a ser penado. Entró en la prisión federal de la Eglin Air Force Base en Florida a pagar su deuda a la sociedad que una vez lo admiró. Quizás con un poco de suerte y buen comportamiento pueda salir en dos años, pero dentro o fuera, el daño ya está hecho. Orlando Cepeda, el jonronero fue partidario de otro "grand-slam" pero éste no tenía nada que ver con el béisbol... este verá la puerta de la prisión cerrándose en su espalda por haberse dejado picar de la abeja... la abeja de la avaricia.

EL CARNAVAL... ¿SOLAMENTE UNO?

Dicen que el que espera desespera, pero el carnaval de la calle Virginia es digno de esperarse. El domingo 20 de agosto se celebró la cosa esa. En esa ocasión se juntaron Negros, Prietos, blancos, amarillos, Brown (vi unos cuantos mexicanitos por ahí también) y créanlo o no, habían puertorros... wall to wall. Antes de comenzar el desfile, se llevó a cabo la misa por el Rev. Padre Antonio y después de esta comenzó el organizamiento de el desfile. Ah... y que organizamiento... empezaron a llegar los componentes del desfile, y se veía aquel orgullo y aquel desespero de presentar al público los resultados de sus horas de ensayo, las horas de trabajo que trajo como consecuencia aquello que tan sólo duraría unos minutos. Pero no es la gloria lo que verdaderamente cuenta... es el esfuerzo y la voluntad y el orgullo simple y verdadero lo que cuenta y no hay una persona ni un grupo ni una asociación que participó en el desfile que no sea digna de orgullo y mérito.

Cuando nos reunimos en la iglesia, vi caras que hacía tiempo no veía, y vi caras que creí que tenían máscaras puestas, pero me equivoqué brutalmente... eran sus caras naturales y entonces sorpresa de sorpresas... los que creí que eran naturales, eran los que tenían máscaras (¡eso es un relajito na'mas!). Luego, después de una larga espera... (puertorrican time) llegó Raúl y Alberto (Los desorganizadores del Latin Journal) los cuales me presentaron a una joven, la cual pensé que se parecía a Sofía... pero resultó ser Rosalie Roman... también vi al gran Chepo y su Chepita... me dio una cerveza caliente como las piedras de su pueblo (de donde son los cariduros) y no me la cobró porque había ahí una hermanita (de la caridad), si no!!! La carroza del Latin Journal estaba bien chévere... anuncios por fuera y cerveza por dentro... por eso yo estaba ahí con ellos... (eso es lo que van a decir any way... así que lo digo yo antes que Cappa). En nuestra carroza teníamos música, cerveza, invitados y machetes... los machetes no eran parte de la flota... hell no!! Era para proteger los componentes del DIARIO... Cappas, Gallardo, González, José Rivera y otros desalentados que escriben para el Diario porque no tienen otra cosa que hacer... y eso es puro Bull.

Los mejicanos nos ganaron el premio del mejor o mas bien presentado carro alegórico, pero en cuanto a eso no tengo ningún pretexto... ellos trabajaron duro y fuerte para realizar lo que obtuvieron. ¡Se lo merecen! But wait till' next year.

Fuera de vacilón... fue un éxito. Los organizadores se merecen un fuerte abrazo de felicitaciones y todos los que tomaron parte deben estar orgullosos de haberlo hecho.

GRACIAS, GRACIAS Y SEGUIMOS SIENDO #1

ENFOQUE NACIONAL

Recientemente fuimos honrados con la presencia en Búfalo, del distinguido caballero Héctor Molina, Coproductor y anfitrión del programa radial "Enfoque Nacional" que según tengo entendido, se escucha en más de 75 emisoras en los Estados Unidos, al igual que en México y la isla.

Después de visitar la emisora de la Universidad de Búfalo en la calle "Main", el señor Molina se pasó un tiempito buscando... buscando sus maletas que se desaparecieron y buscando la ruta para Lackawanna, que según tengo entendido, se les perdió también.

Su presencia en el programa radial "La Comunidad Opina" en WBFO, me dio un poco de ánimo para con mi conciencia, puesto que los (las) moderadores del programa al igual que nuestro corresponsal de Enfoque en Búfalo, Raúl González, presentaron al señor Molina en una forma profesional y luego el público participante no tan sólo demostraron al señor Molina su interés en lo que afecta al hispano, sino que inteligentemente hicieron preguntas al igual que ofrecieron ideas para el mejoramiento del programa, cosa que el señor Molina aceptó muy juvilante y graciosamente.

Luego... llegó la parte trágica. Tarde, pero seguro, nos juntamos en el dichoso Hotel Statler Hilton (que de Hilton no tiene nada en mi concepto) y fuimos sometidos a una serie de servicios que, si se les ofrecieran a los prisioneros de cualquier cárcel o prisión, habría un "riot" que ni los perros. Nos sirvieron la comida fría como las manos de Drácula. Y hablando de Drácula, también se veía sangre en aquella porquisidad (esa palabra me la inventé yo). Después que la mayoría de los allí presentes (dije mayoría, no todos) terminaron de "comer", intentamos presentar y reconocer algunos líderes allí presentes, pero el tiroteo que tenían los meseros limpiando y raspando platos, hacían imposible que el orador fuese escuchado debidamente. Dicha descortesía de parte de estos empleados no tiene lugar en un sitio tan reconocido como lo está supuesto a ser el Hotel Statler. Si dicho "servicio" es dirigido al hecho que somos hispanos, entonces debemos en el futuro llevar nuestros centavos a otro lugar donde sean apreciados.

El Centro Social Mexicano de Lackawanna fue nuestra última parada y allí nos reunimos con una serie de diferentes nacionalidades y parecía mas bien, una conferencia de naciones hispanas... cosa muy bonita y afable.

El señor Molina quedó encantado con nuestro recibimiento y yo quedé admirado de vuestro comportamiento... ¡¡GRACIAS!!

ENTRE LA ESPADA Y LA PARED...

En la actualidad, probablemente uno de los trabajos más lucrativos indudablemente, lo es ser un político. Cuando leemos un reporte sobre cuantos millones de dólares un tipo gasta para ser electo a un puesto que paga (por ejemplo) $30,000.00 nos da algo que pensar. Un individuo me dijo que lo hacía por prestigio, otro me dijo que era un paso adelante para luego correr para un puesto mas lucrativo. Las dos son buenas razones, pero a ninguno le creo.

La mejor razón, la que permanece escondidita, lo es el futuro. Cuando un congresista o senador se retira, su pensión es superior a lo que muchos de nosotros trabajadores nos ganamos en la vida. Otros salen a ser vice-presidentes de las corporaciones que apoyan durante su puesto de oficina. Noten que todos empiezan como vice-presidentes. No laborer, no "office-boy", no "janitor", no "way"... Vice es el mínimo. ¿Qué causa tan increíble recompensa? ¿El nombre?... tal vez. ¿La experiencia? ¿Cuál? ¿"pay-ola"?, ¡¡Ahh!! Ya estamos llegando a la causa causante de la causa. Veamos: Mientras ciertos políticos están en oficina, sus servicios son más directos al negociado de negocios que a los votantes que los eligieron. Resultado: Saliendo de dicha oficina, ya lo espera un vice-presidenciado para "pagar" los servicios que no se podían pagar directamente mientras el "yo no soy un crook" estaba en la oficina porque hay que tener un poco de respeto para con el votante, no importa lo tonto que sean. Los resultados son siempre los mismos... el pobre público es quien paga las consecuencias.

Al presente, la monopolítica compañía de gas, monopolítica porque no tiene competencia, quiere y están metiendo puya que se ve, para que el presidente Reagan decontrole su regulación impuesta por otras administraciones.

Increíblemente, si esto se lleva a cabo, el precio del dichoso gas, tan necesario en esta nevera de Búfalo donde vivimos, ha de subir doble o triple de lo que al presente pagamos, lo cual no es baratillo. Nuestros "yo no soy un Crook" en el congreso, son los que tienen el poder de decir "si o no" a tan bien planeado para explotar al público proyecto. Pero... dicen los polis, "ahí viene noviembre, elecciones, ¿a quién le sirvo, a quien me quita o me pone, o a quien me va a cuidar cuando me retire?" Solución: Llaman un experto (¿en qué? No sé), este le pregunta, "¿Saliendo usted de oficina, dónde planea residir?" "me voy para las Bahamas", contesta el congresista. "Allá usted no se tiene que apurar por el precio del gas, right?... Así que lo que tiene que hacer es pretender que decontrolar el precio del gas es contra el bienestar del público votante y una vez que pasen las elecciones y sea usted re-electo, entonces le manda los dos barriles completos y si gritan, ya es muy tarde." Pregunta el congresista, "Porque su mentalidad es limitada mi buen amigo", le contesta el otro.

Si, nos van a dar y no son consejos, cuando decontrolen el precio del gas ¿Qué podemos hacer? Nos preguntamos... y la única respuesta que encontramos es... REZAR... REZAR."

¿ES CIERTO EL DICHO?

En el año 1941 los puertorros en la isla comenzaron a vender sus puerquitos, sus tierritas y todo lo que podían convertir en dinero para poder venirse a los Estados Unidos... no mentiras... a Nueva York, porque eso era lo que estaba de moda.

Desembarcando de aquellos aviones de dos motores (lo que había entonces), esos emigrantes se sentían un poco más tranquilitos cuando encontraban un chofer de taxi que resultaba ser hispano, o mejor aún, si era de la isla también como ellos. Lo que no sabían los pobrecitos estos, era que esos hispanos a quién ellos tanta confianza, eran los primeros que los iban a tirar Pa´rriba en el gran país de las oportunidades sin límite. Los paseaban por todo N.Y. y el marcador... Clickiti-clak, Clickiti-clak. Cuando por fin los llevaban al lugar designado... a su destino, el marcador decía "me debes pesos como loco...", y el pobre emi los pagaba sin refunfuñar, pero al tiempo, cuando cogía el piso, (como se suele decir) se daba cuenta de que su paisano lo había cogido de "you know what". ¿Se lo marco a la experiencia? Se preguntaba el puertorro, ¡¡No!! Le dice su voz de conciencia sin conciencia... si a ti te cogieron, ahora tu sigue cogiendo pa´lante... Y esto, verdaderamente, es lo que yo estoy en desacuerdo con mi gente. En este país las diferentes nacionalidades están cubiertas con una "stigma" por las cuales son identificadas. Por ejemplo... si es usted negro, lo califican de vago, druguista y quién sabe qué más, si usted es Polaco, automáticamente es "dumb", si es de nacionalidad italiana... forget it!! Mafia y quien sabe que más.

Muchos comerciantes que yo he conocido, tienen por criterio la idea de que, porque son latinos, el latino le paga lo que pida por sus productos. Cuando un super-market vende los guineos a 19₵ la libra, el comerciante puertorro se los vende a 25₵, y si es fiado... forget it... ¿se los cobra a 30₵? Me pregunto yo... ¿Por qué? ¿Porque somos patriotas y nos gusta lo que nuestro país produce, o será simplemente porque nos ven la cara de "whatcha ma call it?"

Este relajito tiene que terminar, o de lo contrario habrá malas consecuencias. Si las otras nacionalidades tienen por orgullo ayudar los suyos... nosotros no somos diferentes, a menos que querramos hacer cierto el dicho que dice... "No hay cuña peor que la del mismo palo..."

EXCUSA, EXCUSAS, EXCUSAS

DICEN por ahí que desde que se hicieron las excusas nadie queda mal. Puede que sea cierto, pero también ha crecido increíblemente el número de mentirosos.

SEGÚN la historia del mundo, la primera excusa, la dio Eva cuando se mandó la manzana, y cuando se enfrentó con Dios le dijo que "el diablo la había hecho hacerlo". A lo que el Señor le contestó: "Ha!! El Puerto Rican Chicano Committee (P.R.C.C.) eligió recientemente al señor Miguel Medina como su nuevo director. Según reportajes en el HISPANO NEWS, el señor Medina es apoyado por muchos y repudiado por otros. Los que lo conocen bien, dicen que él (Medina) no está cualificado para dicho cargo. ¿La razón? Que él no desempeñó un buen papel en sus otras posiciones. Un albañil no puede desempeñar un buen puesto como electricista, ni el, el electricista como albañil, ¿cierto? Entonces, ¿por qué no dar al señor Medina la oportunidad de enseñar lo que puede dar como administrador del P.R.C.C. antes de criticarlo? Creo sería lo civilizado en hacer. Mientras tanto... ¿Qué pasó con el director antes de Medina? ¿Y el director anterior al director antes de Medina? (what?) Según me informan mis fuentes de información (again?). Ellos han renunciado su puesto por "FALTA DE COOPERACION DE LA COMUNIDAD HISPANA A QUIEN SIRVEN". ¿Excusas?, ¿Ficción? Yo serví en el "board" del P.R.C.C. (Puerto Rican-Chicano Committee) y francamente, puedo decir que había más desacuerdos adentro (del board) que afuera con los miembros. Los Hispanos padecemos de una enfermedad que se llama "power-itis". Nadie quiere ser indio, todos quieren ser jefes. ¿Por qué ustedes creen que tenemos tantas organizaciones Hispanas regadas por todos lados en lugar de tener una fuerte y poderosa? ¿Saben por qué? Porque cuando hay, por ejemplo, elecciones en un club y Don Sabelotodo corre para, digamos, presidente de dicha organización, si no gana, se va a formar un club aparte donde él, y solo él pueda ser amo y dueño en absoluto. ¿La excusa? Si no me eligieron es porque no me quieren... (¡¡Hágame el favor!!)

En la ciudad de Lackawanna tenemos dos clubes puertorriqueños y uno mexicano en la misma calle. Esto es bueno, en el sentido que, si a uno no le gusta el ambiente en uno, tiene la opción del otro, ¿verdad? En papel se ve chévere, pero en realidad es un pájaro de otro plumaje. No lo van a creer, pero con la excepción del club mexicano, los dos clubes puertos parecen tener una competencia de cuál de los dos está cerrado, sí, cerrado más tiempo. Un club tiene empleada una barmaid y puesto que hay que pagarle por hora, ella está allí solamente ciertas horas, y con lo escaso que están los pesos, no los podemos culpar. El otro club, no tiene maid. Sí tiene bar, pero no barmaid. Los oficiales, aparentemente no tienen tiempo ahora en el verano de abrir el lugar porque están muy ocupados en el parque jugando pelota. Esto no es pecado porque el verano es corto, y hay que gozarlo, pero lo que sí es más pecado, son los paños de lágrimas que tienden durante las juntas reclamando que "no podemos emplear un o una bartender porque no tenemos dinero para pagarle su salario." ¿Excusas? ¡¡Me lo dicen!! ¿Como diaches van a tener dinero para pagar salarios a nadie si el lugar está cerrado en las horas más críticas de la semana o del día?

Abraham Lincoln dijo... "You could fool some of the people..." etc. etc.

FELIZ CUMPLEAÑO... DIARIO LATINO

Trescientos sesenta y cinco días (y pico) atrás, se reunieron un grupo de individuos en la comunidad hispana de la ciudad de Búfalo, y después de varias horas de meditación y a lo mejor unas cuantas cervecitas bien frías, decidieron dar a la comunidad un periodiquito, en el cual, sus ideas, recelos, celos, y apreciaciones (?), pudiesen ser presentadas al público. He ahí que nació un niño mimado... un angelito con las alas tan cortitas, que muchos dijeron... "ese pajarito nunca ha de volar...", pero no sabían lo equivocados que estaban. La experiencia, dicen por ahí, es la madre (de ellos allá) de la necesidad; y la necesidad, la madre (vuelvo y repito) de los inventos. Cuando se publicaba el primer periódico de esta índole, se le conocía como "El semanario Latino", yo tuve la dicha de escribir varias columnas en el mismo... Pero, no tuvo éxito... porque en primer lugar, la comunidad no le dio el apoyo necesario, y en segundo lugar, no había la cooperación necesaria para que su publicación fuese puntual e interesante. Por lo tanto, el Semanario murió una muerte repentina, tal como sucede muchas veces con todo lo bueno que alguien quiere hacer o propone en la comunidad. Lo enterraron sin música y sin pomposidad, (whao?) murió como Francisco del otro lao´, y así mismo fue olvidado... ¿Olvidado?... ¡¡no!! Fue resucitado por un grupito de hombres y mujeres que no son "qüiters"... ellos pensaron que, por que un grupo no tenga orgullo propio, no quiere decir que todos son iguales... así que volvieron a reunirse, planear nueva estratagema (cómete esa palabrita Confesor), desarrollar nuevas ideas y volver a empezar... (If at first don´t succeed, kick ´em in the a... sí se hace), y de ahí, surgió o nació el Diario Latino... el papá de los periódicos Hispanos... y debemos sentirnos orgullosos de que lo tenemos.

En las pasadas ediciones del Diario, hemos visto la importancia del periodismo, hemos visto la fuerza de la pluma y la debilidad de la ignorancia, hemos visto crítica constructiva y critica que de critica no tiene nada... solo bochinche. En un pequeño año le han dicho al señor Cappas, publicador del Diario, que se largue para la isla si no le gusta aquí, le dijeron al señor Raúl González, editor de éste, que le diera el trabajo de editor a Gallardo, le dijeron a Gallardo que publicara su autobiografía, la cual, dijo Cappas,... "no se puede hacer porque toma muy poco espacio"... y así sucesivamente.

A nombre de la comunidad hispana de Búfalo y Rochester, y de todo el y los condados que leen nuestra edición semanal, le extiendo un cordial saludo al Diario y un fraternal abrazo a todos aquellos desinteresados que lo hacen posible......

HAPPY BIRTHDAY OLD MAN!!!

FILADELFIA... CAPITAL DEL ABUSO

Una de las cosas que más me asombra de nuestra comunidad, es su incansable interés en lo que alrededor de nosotros sucede.

Después de una gran investigación llevada a cabo por el gobierno federal, se llegó a la conclusión de que la ciudad de Filadelfia, en el estado de Pennsylvania, es un nido de racismo y violaciones de los derechos humanos, no tan solo de los negros, sino de los hispanos también, con el increíble soporte de sus líderes, tales como el comisionado de policía y muy especialmente, por su querido alcalde Frank Rizzo. Los abusos perpetrados por la policía de esa ciudad contra los ciudadanos hispanos y negros, es tan increíble que, por primera vez el "Atty. General" Griffin Bell, personalmente ha tomado las riendas para traer cargos contra la ciudad de Filadelfia. El alcalde de dicha ciudad fue un policía, y como tal, tenía sus superiores que a lo mejor no aprobaban sus tácticas abusivas, por lo tanto, buscó ser él el jefe y tener mano libre para llevar a cabo su "vendetta" italiana contra los hispanos y los negros. El pueblo, racista también, lo soportaron, lo eligieron y comenzó la fiesta. Medallas y promociones, son comunes en Filadelfia a los héroes de azul que patean indefensos, o que le pegan un tiro en la espalda a un prisionero esposado porque "creí que iba a escapar."

Cuando Rizzo hizo su campaña política para alcalde de Fili, el juró que... "voy a hacer a Attila the Hun (un asesino de primera en su tiempo) parecer un afeminado comparado con lo que yo haré". Esa promesa, desgraciadamente, fue una de las que este racista llevó a cabo al pie de la letra. Mas de 150 ciudadanos en la ciudad de Fila han sido golpeados físicamente o asesinados por la policía bajo la dirección de Rizzo. Demas esta decir que, en la mayoría de los casos, estos pobres diablos no estaban armados, Tanto es el abuso en esa ciudad, que si los policías son decorados por Rizzo y Co. por matar o golpear un pobre negro o hispano, estos últimos, también consideran un héroe al que le limpia el pico a un policía. Esto, en América se conoce como "civilización".

A todo esto, ¿qué ha dicho la comunidad hispana? ¿Qué ha dicho el gobierno de Puerto Rico, que tanto se preocupa por lo que le pasa al dominicano o al cubano? Yo les puedo decir en una sola palabra... "caca de toro". Dicen que la ley entra por casa y yo a veces pienso que animales como Frank Rizzo hacen lo que hacen por la sencilla razón, que saben que el hispano solamente grita cuando algo le afecta a él DIRECTAMENTE.

FELIZ ANIVERSARIO EN EL CENTRO MEXICANO

El sábado 24 de marzo, el Centro Social Mexicano de Lackawanna celebró su aniversario 33ro. en sus salones en el 51 Ingham de Lackawanna.

El acto estuvo muy ameno y fue muy lucido con la música de los muchachos de Dunkirk y la asistencia de nuestro Vitín y Manolo. La comida, servida prontamente a las 7:00 P.M- (Hora de México) estuvo bien preparada y los "caterers" se esmeraron para que todos los "Wine-Heads" tuvieran suficiente en sus respectivas mesas.

Después de la comida, vino la indigestión, digo, la presentación, admiración, reconocimiento y descubrimientos de los que son, los que eran y los que no son. El presidente, Francisco Rivera, abrió la ceremonia dando las gracias a los presentes y a los que brillaron por su ausencia. Dijo que el próximo año, la comida estará mejor, porque en lugar de gallina, servirán algo un poco más extravagante... Hamburgers. Luego Tino Mejía, secretario del club, cogió la rienda y se dignó reconocer algunos de los de allí presentes, los cuales recibieron muy bien merecidos aplausos de la concurrencia, pero creo que cuando me introdujeron a mí como escritor del Diario, creo que vi un par de puños en el aire, y aun no sé si eran de elogios o de lo que les gustaría regalarme en mi cumpleaños. "Tú Que Lo Enseñaste, Tú Lo Sabrás."

Entre la concurrencia estaban ciertas personas de la comunidad puertorriqueña de Búfalo, así como Albert Cappas, nuestro "chief" del Diario, Carmen Rodríguez, la mera mera del programa bilingüe y quién, dicho sea de paso, bailó conmigo y aun me duelen los callos. Al rato, cuando ya no había que pagar, llegó más gente, y cuando yo ya me marchaba, porque mi trabajo en la mañana me impedía continuar en aquel lugar de caras tan contentas y llenas de júbilo, llegó nuestro editor, Raúl González acompañado de su boina. De todos los actos, el mejor fue un empate entre mi compadre Juan Figueroa, y mi amigo Carlos Rentos. Mi compadre cantó la versión Saturnino, Saturnino y fue muy bien aplaudido por mi esposa y la señora Joan Jessel, quien lo aplaudió porque no entendía lo que mi compadre decía. Cuando le traduje, se puso un poquito roja en el rostro. Pero Carlos, sin querer, sacó un encendedor para prender su cigarrillo y la flama por poco quema el techo, y pensamos que él la ajustaría a un límite menos espantoso, pero parece que, en lugar de echar la flama para abajo, la echo para arriba, y en el próximo cigarrillo sí quemó el techo... bueno, no lo quemó, lo ahumó tantito. Y por fin, antes de irme, le cantamos a un divorciado parte de esa canción que dice... "Eso le pasa al que lleva amigo a su casa...",

HAPPY ANIVERSARY... MEXICAN CLUB...

FELIZ NAVIDAD

"... Navidad que vuelve, tradición del año, unos van alegres, otros van llorando" ¿Suena familiar? Seguro que sí, este es un verso de una famosa y tradicional canción de Navidad. La Navidad es, como ya sabemos, el reconocimiento del nacimiento de Nuestro Señor. También en la Navidad algunos tenemos el placer de olvidar acontecimientos displicentes que debíamos haber olvidado desde el principio pero que la temeridad y la estupidez (en muchos casos) nos hacían pensar que perdonar u olvidar afectaría nuestro orgullo (mal fundado en la mayoría de los casos) o el machismo que siempre ha sido identificado con los latinos. El verdadero machismo no lo es el sentir rencor contra el prójimo por una falta que cometió... el verdadero machismo es el tener la fuerza de voluntad de admitir que no somos perfectos y por lo tanto sí, cometemos faltas contra otros y que debemos perdonar de la misma manera que deseamos ser perdonados. En mi forma de pensar... Eso es Machismo.

En la navidad visitamos personas que no tenemos o queremos encontrar el tiempo de visitar durante el año. ¿Hipocresía?... "Tú que lo dices, tú lo sabrás..." Pero lo verdadero es que el nacimiento de Nuestro Señor aparentemente también da nacimiento a una nueva forma de pensar, de actuar y de vivir. Dicen por ahí que pensar no cuesta nada... y como a mí me encanta lo que no cuesta nada (¿verdad Joe?) digo yo en mi pensamiento... "¿Qué clase de mundo tendríamos si pensáramos que todo el tiempo es Navidad? Si podemos perdonar lo acometido, si podemos perdonar nuestros enemigos en Navidad, ¿Por qué no lo podemos hacer todo el tiempo? Para aprender hay que tratar... entonces, ¿Por qué no tratamos? El resultado, indiscutiblemente, ha de ser maravilloso. **¡¡Feliz Navidad de parte de toda mi familia para todos!!**

FESTIVAL LACKAWANNA 1981

En junio de 1980, un grupo de jóvenes en la ciudad de Lackawanna se reunieron y decidieron que la juventud de dicha ciudad no tenía reconocimiento ni entretenimiento, y ellos iban a hacer algo para corregir dicha dispareja. Se lavaron carros, se hicieron bailes, se vendieron dulces, se enviaron cartas y en fin, trabajaron duro y largas horas para celebrar un festival. El festival se celebró en el patio del edificio "Friendship House" y fue un éxito.

Nuevamente, como tradición, el festival se llevará a cabo nuevamente en el mismo lugar en junio 20 y 21. Su fundador y organizador, el señor Edwin Borrero nos informa que este año habrá más variedad, ya que cuenta con la cooperación de muchas damitas de Lackawanna, las que han venido ensayando constantemente para presentar varios bailes típicos, los cuales ellas están seguras, serán de su agrado.

Es un verdadero orgullo para Edwin y la ciudad de Lackawanna ver el acogimiento que las diferentes instituciones, tales como el Club Acción Social Puertorriqueña, el Centro Social Mexicano, el Club Social Puertorriqueño y otros, al igual que altos oficiales de la ciudad han dado su apoyo y cooperación para tan importante evento.

Otras personas que mecen mención por su cooperación, lo son la señora Iris Borrero, Francisco Rodríguez e Irma Torres quienes, con el señor Borrero, componen la directiva del festival. En la parte religiosa (hay que tener religión también), contamos con el coro de la iglesia Reina de Todos los Santos, el cual es su coordinadora Sister Jean. En la parte de "Jazz" tenemos a Magdalena Pacheco dirigiendo la prole. La plena, que no puede faltar, está bajo la dirección de la señora Borrero. También tendremos entre los artistas, al gran conocido poeta hispano Juan A. González y si Alberto Cappas enseña el pelo por allí, a lo mejor nos deleite con una o más de sus creaciones poéticas. Muchos más son los jóvenes que participarán y cuyos nombres no puedo mencionar en esta columna ya que el espacio es limitado, pero ellos saben quiénes son, y sus esfuerzos y cooperación serán siempre agradecidos por la comunidad hispana de Lackawanna.

La juventud de Lackawanna está dando un ejemplo al resto de las comunidades en el sentido que ellos (la juventud) tienen orgullo de su cultura y ponen su tiempo en estudiarla y desarrollarla, y así también enseñan que no toda la juventud es perversa, drug-adicta y quien sabe que otras cosas les llamen. Adelante jóvenes, éxito y mantengan su frente en alto y nosotros mantendremos la nuestra en alto también al mencionar su nombre.

HONOR CON HONOR SE PAGA

¿Qué somos? ¿A dónde vamos? ¿De dónde venimos?... ¿Han escuchado esas preguntas? Seguro que sí, y en su mayoría van dirigidas a los puertorriqueños. ¿Qué significan dichas preguntas? Para mi significan el resultado de lo visto por aquellos que no nos miran con bien y que pueden probar, sin dificultad, que no podemos contestar tan simples preguntas.

La desunión entre los hispanos, y muy especialmente entre los puertorriqueños, nos ha dado una fama poco envidiable. Dicha fama dota de que no nos podemos unir, que es más fácil organizar elefantes que puertos. Por supuesto que eso no es cierto, pero parece que nos esmeramos por aparentar que así es.

El viernes 9 de marzo, se llevó a cabo el descubrimiento y dedicación del mural y conmemoración del Centro de Salud del West Side para honrar la memoria de nuestro querido Roberto Clemente. La memoria de Roberto está y estará siempre viva en nuestros corazones, pero la memoria de lo que aconteció esa noche, prefiero olvidarla pero no me es posible.

El señor Eric Pérez, representante del comité para que dicho mural fuese pintado, usó muy poco criterio y en lugar de hacer de este acto verdaderamente conmemorativo, lo hizo más bien un acto político, y no tan solo político, sino republicano. El programa en sí, aunque bien presentado, fue 99% para el beneficio de personas directamente conectadas con la política de Búfalo y el condado. Entre los presentes, se encontraba el alcalde Griffin, quien hizo mención de que iba a proponer al Concilio que el nombre del "War Memor. Stadium" sea cambiado a "Roberto Clemente Stad." Esto le trajo al alcalde una ovación de pie muy merecida por su esfuerzo, pero yo creo que Roberto se merece algo mejor si en verdad desean honrar su memoria. Otro político presente lo fue el Sheriff del condado, Braun (Rep.); también allí estaba el Ejecutivo del condado, Ed. Rutkowski (Rep.), el conocido cantante puerto Bobby Capó, vino como representante del gobernador de la isla (Rep.) y así sucesivamente. Los representantes de nuestra comunidad hispana -especialmente los puertorriqueños- fueron completamente ignorados. Pucho Olivencia y Juan Texidor estaban allí presentes, no sé si por invitación o por colados como mi esposa y yo. José Pizarro y su guapa esposa también estuvieron presentes, pero no creo que su presencia tampoco fuese como resultado de una invitación de parte del comité organizador. Para mí, esto refleja la falta de cortesía y el poco mérito que le damos a nuestra comunidad hispana, y luego queremos y esperamos que nos traten con respeto y dignidad... No me hagan reir ... y a propósito, soy de opinión que el señor Eric Pérez le debe una explicación a la comunidad, ¿No Creen Ustedes?

HECHELE LA CULPA A DESENEX

Me sorprendí recientemente cuando una señora (su nombre no importa) escribió en un periódico local sugiriendo que en los Estados Unidos tomemos la costumbre oriental, especialmente de Japón, de quitarnos los zapatos al entrar a una casa. Ella dice, y con razón, que en muchas ocasiones personas desinteresadas no se molestan en limpiarse los zapatos antes de entrar, y en varias ocasiones hay quien haya entrado trayendo consigo tremenda cantidad de lo que Fido dejó en la acera (Banqueta para los mexicanos). Y de esto tiene la señora más razón que Eloy, el lava los pisos de Mayagüez, pero por supuesto que a veces en la búsqueda de una solución creamos otro problema.

Vamos a suponer (por un momento), que dicha idea (de quitarse los zapatos al entrar a una casa) sea aceptada y puesta en efecto... llega a su casa una visita y lo primero que hace es quitarse los zapatos ... se sienta en la sala a platicar y darse una friita. De momento, sin previo aviso, nota usted un olorcito de esos que, de amigo, no tiene nada. La señora de la casa brinca y dice... "¡ay se me queman las habichuelas!" pero que habichuelas ni que nada... son las medias del compadre que no han visto una máquina de lavar desde que los rusos mandaron el primer Sputnik alrededor del mundo. ¿Qué hace usted en ese caso? ¿Decirle al hombre que se las quite? Imposible. Uno debe tener un poquito de eso que se llama tacto... Sí está bien deletreada la palabra... es tacto no taco. Entonces usted como quien no quiere la cosa, prende el abanico, cosa que sople de adentro para afuera... buena solución ¿no? En el verano esta chévere, pero ¿qué hace usted cuando esta la "tempe" a eso de "hell below zero"? ¿sufrir? ¿aguantar la respiración? O simplemente decirle... "oiga compadre, hágame el favor..."

Dicen que un clavo saca otro clavo, y mientras la idea de quitarse los zapatos al entrar a una casa, puede que resuelva el problema de ensuciar la alfombra, traer consigo parte de lo que Fido dejó en la acera, o simplemente bajar las mujeres a su nivel debido (porque esos tacones que usan hoy día, no le hacen justicia a nosotros los "shorties") también trae consigo un nuevo problema... el de la precaución... que las medias no sean de diferentes colores, que los pies estén bien lavaditos, y en el caso de las mujeres... asegurarse que sus "panty-hose" no tienen el "seam" al frente.

Si creen que la idea es buena... practíquenla, pero como les dije antes... no le echen la culpa a "Desenex" ¡¡ay Fó!!

HERE COMES THE JUDGE...

Recientemente, los jueces han estado llenando la primera plana de los periódicos locales. El primer caso que leí durante las últimas semanas, fue sobre el juez de Blasdell, que aparentemente lo pidió de cinco y se lo dieron de diez en una cantina local, y acusó a 4 menores de romper botellas en el área de estacionamiento público, los llevó personalmente a la estación de policía, le metió tremendo cantaso a uno de ellos y los acusó de ser "como los negros en su comportamiento.", invitó a uno de ellos a que le pegara (para que se desquitara), y terminó pagando $100.00 a los padres de uno para que no tomaran acción contra él. Como siempre, este juez de cartón seguirá en su posición hasta que su caso sea revisado... ¡¡Bah!!

Luego, aparece el juez de la corte familiar del Condado de Erie, Douglas Trost, quien ha sido censurado por violar la integridad de la corte en su forma de actuar. Según las malas lenguas (investigaciones), el juez firmó una orden para permitir que un reportero fuese encarcelado por un fin de semana para que este viese por sí mismo como funciona el sistema de encarcelar ciertos individuos, solamente en fines de semana; o sea, de esta forma cumplen su condena porque tienen intereses que mantener durante los días de semana; así que, en lugar de irse a bailar disco, se van a servir su condena. La orden firmada por el juez Trost es en violación a las reglas de la corte, pero lo que más enfadó a la Comisión Judicial de Conducta (quienes censuraron al juez Trost), fue que éste, en su forma de actuar en corte, no parecía juez y sí más bien un "bartender". En algunas de sus decisiones actuó tremendo. Por ejemplo, en un caso de soporte (financiero), le dijo a la mujer envuelta en el caso que... "una noche de estas, cuando él este dormido, métele un hachazo." En otro caso, el bárbaro de Trost, le dijo a la pareja que debía coger un "shotgun" cada uno, y encerrarse en un cuarto y entrarse a tiros. Y para completar la cosa, le dijo a la mujer (del mismo caso) que ella era para él (el juez) "a pain in the a..." Así se lo cantó. Aparentemente, el juez Trost odia los casos de soporte. En otro caso de tal índole, le dijo al esposo que lo debido era pagar (el soporte), no importa si tiene que robar para hacerlo. Y, créanlo o no, en otro caso le dijo al abogado de uno de ellos, que les diera un revolver a cada uno (parece que peleaban mucho y el juez estaba enfogonao), y cuando el abogado contestó que ambos tenían revolver, el juez dijo... "Pues que lo usen."

Yo veo la parte de la Comisión en su decisión de censurar al juez Trost, pero también veo, no comicidad, sino un sentido de disgusto de parte del juez en estos casos de soporte en que una pareja, casada o separada, deben tener la habilidad de resolver sus diferencias personales, sin tener que acudir a una corte a fuñir, regatear o simplemente darle al juez un "pain in the guess what."

HENRY KISSINGER: P.H.D.

Hay tantos dichos que no sé cuál aplicar aquí. "La soga se rompe por lo más débil" dice uno. "Cría cuervos pa' que te saque te saquen los ojos" dice otro y así por el estilo. Pero creo que el más aplicable en este caso, lo es el que dice: "El que no coge consejos no llega a viejo."

La situación de Irán es alarmante en el sentido de que el muy buen amigo, consejero, alcahuete y lambe-ojos del ex-shah de Irán, Henry Kissinger, (ex-secretario de estado durante el reinado de otro monarca, Richard M. Nixon), fue el que le comió el cerebro al presidente Carter y al actual secretario de estado, Cyrus Vance, para que permitieran que el ex-shatito fuese admitido a este país para recibir atención médica, que él podía haber recibido en cualquier país fuera de Estados Unidos. El embajador de Irán, L. Bruce Laigen, les dijo lo que podían esperar si admitían al ex-shah aquí. ¿A quién le hicieron caso? A nadie. Mientras tanto, Kissinger y su asecuas, David Rockefeller, siguieron metiendo pulla para que admitieran el ex-shah aquí. Carter y Co., demostrando su debilidad política y mental, cedieron... y dio comienzo la gran crisis de Irán.

"No soportaremos que un país como Irán nos apabulle" dice un político, "Mandaremos los marinos a rescatar los rehenes" dice otro, y luego empiezan a salir los héroes de la boca pa' fuera. "Señoras y señores, esta entrevista es para informarles que estoy dispuesto a cambiar mi persona como rehén si libertan los americanos en Teherán...". ¿Quién dijo esto? Nada menos que el ex-campeón de todos los pesos en boxeo, "Big-Mouth Ali." "No es permitido", dijo un representante del gobierno. Y acá entre nosotros, apuesto que Ali dijo... "Eso es publicidad, tontos, ¿de que yo les tengo la cara?". Mientras tanto, Kissinger, el hombre (¡¡Fo!!) que dio comienzo al bochinche, se pasa dando y asegurando al mundo político, que él no tuvo ni tiene que ver nada con el ex-shah de Irán estar en los Estados Unidos. El columnista Anthony Lewis describe la acción de Kissinger de esta forma: "Lo más increíble de Kissinger en la situación de Irán lo es su COBARDIA". El (Kissinger) insistió que el ex-shah fuese bienvenido a este país, sabiendo las consecuencias, pero no ha tenido vergüenza de aceptar responsabilidad por lo que está aconteciendo como resultado.

Oportunistas como P.H.D. (POWER-HUNGRY-DESPOT) kissinger (con letra minúscula), M.D.'s (Mente Débil) como Carter y Co., han hecho, hacen y harán de este país un "hazme reir" en el mundo entero.

LA CONSPIRACION...

Por segunda vez en esta década nos vemos enfrentados con una llamada crisis en cuanto a gasolina se refiere.

La primera crisis, en 1973, nos puso en una situación que por poco racionan la gasolina por primera vez desde la segunda guerra mundial. Pero... ¡¡sorpresa!! Tan pronto subieron los precios a lo más que pudieron las compañías petroleras, de la noche a la mañana apareció gasolina hasta en las farmacias. El gobierno, la prensa y otros insensatos, nos recordaban a diario de lo bueno que lo teníamos aquí en América comparado con Europa, donde un galón del precioso líquido costaba $1.75, pero no decían que en Venezuela el mismo galón solo costaba 24₡.

La crisis en Irán ha venido como una bendición para nuevamente comenzar con el jueguito de la ración. Bien dice el Courier en su editorial que es imposible creer que un país como Irán que solamente provee 8% del aceite o petróleo que se consume en este país tenga un impacto tan severo en nuestra economía. México tiene petróleo para suplir este país si verdaderamente lo quisieran, pero aparentemente el Secretario de Energía, James Schlesinger, prefiere jugar pelota con las compañías petroleras para crear "crisis" y subir los precios a lo que a ellos les dé gana. Estados Unidos también suspendió las negociaciones sobre el gas y el petróleo con México, porque aparentemente quería que se lo "regalaran" y lo quería comprar a un precio mucho más bajo que el precio del mercado. Ahora, el presidente Carter va a visitar a México en esta semana y se supone que dicha visita, sea relativa a nuevamente abrir negociaciones sobre el gas y el petróleo. Si el presidente va con los ojos abiertos puede que dichas negociaciones sean realizadas, y la crisis de Irán no sea tan crítica como nos quieren hacer creer los políticos vendidos y las compañías petroleras americanas que los controlan.

Estoy seguro que si las compañías petroleras ven su sueño realizado y suben los precios a $1.00 el galón para el próximo otoño, tal como se espera, tendremos gasolina a granel tal como sucedió en 1973. Una pregunta que molesta por ser tan increíble lo es: Si es cierto que tendremos un escasez de petróleo, ¿Cómo es posible que algunos politiqueros estén haciendo planes de vender el petróleo de Alaska a Japón?

Este país no necesita aceite... lo que necesita es un buen paredón para aquellos que pasan su vida cogiéndonos de lo que somos.

HACE VARIOS AÑOS

Hace varios años, siendo yo un representante de la unión de trabajadores del acero, dentro de la fundición, le pregunté a un mayordomo el por qué la compañía hacia cambios en los itinerarios, condiciones de trabajo, etc. A esto me contestó el mayordomo que, en la mayoría de los casos, dichos cambios se llevaban a cabo porque los "trabajadores propagaban rumores", los cuales, si eran convenientes para la compañía, éstos decían... "los hombres lo están esperando, así que dénselo mientras los rumores están vivitos".

Lo que quiero decir con lo antes mencionado, es que a veces uno es culpable indirectamente de inculcar ideas en la cabeza de la gente.

En Chicago, ILL., el presidente de la N.A.A.C.P. (National Association for Advancement of Color People) dijo que si los gobiernos (Federal, Estatal y local) no vienen con ideas para emplear los miles de jóvenes negros que se encuentran desempleados, este será un verano peligroso para las ciudades.

Aquí en Búfalo, en una reunión llevada a cabo con el alcalde y el Comisionado de Policía y otros dignatarios, el Rev. B. W. Smith, Pastor de la Iglesia St. John, dijo que: "La gente de la comunidad (negra) está aguantando la respiración a la posibilidad de que tengamos un largo y caluroso verano". Esto, dijo el Rev. Smith, "se debe al gran desempleo entre los jóvenes y las condiciones de vivienda". El alcalde Griffin le contestó que en Búfalo no habrá ningún verano largo y caliente, y que él (el Rev.) hace más daño que bien haciendo tales comentarios. Palabras más ciertas no se han dicho en mucho tiempo. Estos llamados líderes de la comunidad negra tienen como costumbre usar el chantaje y el miedo para conseguir y realizar sus propósitos. Yo estoy muy de acuerdo con el alcalde Griffin cuando dice que: "tales comentarios dotan de echar gasolina al fuego". Tales comentarios, son completamente irresponsables, y solo logran poner ideas en las cabecitas locas de los que solamente están buscando una excusa para dar comienzo al juego que más les agrada... Quemar y saquear bajo la excusa de protestar. Lo que más me llama la atención, es que estos mismos líderes (?) que encienden las llamas, son los mismos que luego que ven la situación fuera de control, vienen a decir "Behold".

La situación del desempleo no es exclusiva de los negros, si estos que así lo creen, pasaran por las oficinas de desempleo, verían que la situación es crítica para todo el mundo, sin distinción de raza o color. También existe el caso del que no quiere trabajar en primer lugar... por ejemplo, recientemente hemos vistos ciertas protestas - especialmente en el Oeste- con respecto a los mexicanos ilegales en el país. Según dicen, los mexicanos le quitan el trabajo a los americanos, ciudadanos que desean trabajar en los campos; más sin embargo, una estación de T.V. llevó a cabo un escrutinio en la ciudad de Los Ángeles, y tanto blancos como negros, amarillos y colorados dijeron que el trabajo de campo no es para ellos... ¿Se fijan?

Lo que sucede, es que un grupito de políticos baratos, que no tienen la mentalidad de desarrollar programas para aliviar la situación del desempleo, quiere buscar la forma de librar su cu...ellito, buscando excusas tontas y echándole la culpa de su ineficiencia al que no sabe, o no se puede defender. Igualmente, los líderes negros, ya es hora de que se eduquen y se dejen de estar buscando excusas y chantajeando con sus amenazas, porque si leen la Biblia, verán en ella que dice: ¡¡AYUDATE QUE YO TE AYUDARE!!

INCREIBLEMENTE CIERTO

Si la historia entre la diferencia del profesionalismo atlético y el profesionalismo verdaderamente profesional fuese escrita por un arriesgado escritor, me imagino que su presentación leería algo así:

Había una vez (y dos son tres), un país muy rico y poderoso llamado Estados Unidos. En dicho país, la presencia de ciudadanos ricos y poderosos era increíble. Millonarios, eran tantos, que llegó un tiempo en que ser millonario era igual que nada. Casi todos los países del mundo miraban a este país con envidia, puesto que la libertad, las oportunidades de empleo, la comida, las diversiones y casi todo lo disponible para uno ser feliz, en ese país eran abundantes. Pero como suele suceder, todo lo que brilla no es oro. Estados Unidos contaba con un sinnúmero de colegios y universidades. Tantos eran que, de los cientos de ellos, solamente los más reconocidos eran mencionados como centros de verdadera instrucción. Un día, el presidente de dicha nación, le preguntó a sus consejeros el por qué, teniendo el país tantas normas de educación, tenía un nivel tan bajo de educación, no tan solo en las escuelas primarias, sino también en las secundarias, superiores y hasta en colegio. "¿Qué pasa?" pregunta el presidente con la boca llena de maní. "Me informan que tenemos escasez de doctores, escasez de dentistas y escasez de profesionales aun cuando contamos con tantas instituciones de educación... What the hell is going on?" Preguntó en español. "Mire usted señor presidente", ofreció uno de los consejeros; "El problema lo es el sistema de educación. Por favor, permítame explicarle... nuestros colegios y universidades hace tiempo dejaron de ser centros de educación en el sentido de la palabra. Ahora son más bien centros de entrenamiento para descubrir y desarrollar atletas para los equipos profesionales. Si un estudiante tiene una mentalidad e inteligencia que sobrepasa lo normal, puede, si aparece alguna excepción, que un colegio le ofrezca una beca; y si dicho estudiante no mide más de seis pies, o su peso no es correspondiente con dichos seis pies, digamos 200 libras, mucho menos se interesan en él... pero, si por el contrario este individuo pesa 200 libras, corre como una liebre y mide más de seis pies, entonces los colegios se pelean entre sí por conseguir sus servicios." "Pero... cuando salen de dicho colegio, ¿Qué aprendieron?, ¿Cuál es su especialidad, su profesión?" pregunta el presidente abriendo otra bolsita de maní. "Sinceramente señor presidente, en su mayoría... nada. Usted comprenderá que en su mayoría van al colegio a desarrollar sus habilidades atléticas para luego ser escogido por un equipo profesional, si tienen suerte, y una vez que su carrera termina, si tienen suerte, pasan a ser comentaristas deportivos, actores de cine y la tele, o si no abren una barra para beneficiarse de su nombre." "Pero, y los doctores, los dentistas los profesionales... ¿dónde están?" pregunta el presidente ansiosamente cambiando de maní a *jelly beans*". "¡Ah...!" contesta otro consejero, "esos los mandamos a buscar a Taiwán y Corea, no hay más 'ná." El presidente, casi llorando, lentamente se levantó de su silla y habiendo despedido a sus consejeros, miró el retrato del presidente de la liga profesional de futbol saboreando un biftec en compañía del presidente de la liga de basketbal y muy profesionalmente les dice, "You sons of B..." Ahí no termina la historia, pero como dije antes, me imagino que así comienza.

LACKAWANNA EN PELIGRO PELIGROSO

La ciudad de Lackawanna, N.Y., es considerada por muchos, como la capital de Búfalo. Creo que esa opinión se debe a que Búfalo tiene sus secciones étnicas y Lackawanna cuenta con las suyas también. Los puertorriqueños han venido siendo reemplazados por los árabes, que aparentemente tienen más arte (?) para abrir negocios y vender los artículos a precios razonables, y son dueños de casas en casi toda la sección del "First Ward". El "Second Ward" es habitado mayormente por personas de descendencia polaca, alemana y en algunos casos italiana. Pero eso de separación, siempre ha existido y existirá donde quiera que uno meta el hocico. Esta división no es el peligro, de que deseo comentar... El peligro lo es la falta de protección para la ciudad en sí en el departamento de bomberos.

Hace varios días, los reportajes de tele nos vienen enseñando la falta de brazos con que cuenta dicha ciudad. En el estadium Ron Jaworski, lo que se esperaba fuese un precioso show de fuegos artificiales, se volvió tragedia cuando el "tráiler" de los petardos explotó y aún, habiendo un puesto de bombas en el mismo terreno del estadium, créanlo o no, no había hombres suficientes para manejar las bombas. Ayuda fue solicitada (y brindada) a la ciudad de Búfalo, quien también tiene sus problemas de "Budget", y están cerrando o por cerrar algunas bombas en su patio. En la calle o avenida Ingham ha habido varios fuegos, los cuales aun siendo de causa sospechosa, los dueños de dichos edificios son de opinión que, con suficiente personal, dichos edificios no hubiesen sido una pérdida total. Un nuevo problema, como si hicieran falta, ha surgido en una sección de la ciudad (Lackawanna), donde el olor a gasolina es tan fuerte que se considera sensitivo a explosión. ¿De dónde viene el gas? No se sabe. Pero con la situación crítica, el departamento de bomberos tiene que emplear parte de sus hombres en esta área, para constantemente echar agua en el sistema de alcantarillado para mantener el peligro de explosión a un nivel mínimo.

Todo lo arriba mencionado es echada la culpa al dichoso "Budget." Quizás, el dinero necesario para llevar a cabo las funciones de una ciudad, sea esta Búfalo o New York, no siempre esté a la mano. Eso lo comprendemos los votantes, pero lo que los votantes no pueden comprender, es porqué aparentemente nadie se sabe amarrar los pantalones en su sitio, y siempre están dependiendo de la caridad de otro. Búfalo se pasa rogando a Albany y al condado. El condado se pasa rogándole a Washington y así sucesivamente. Lo que se necesita en estos casos es una buena administración, que mire primero las necesidades del público antes de estar con su julepeo de política barata, lo cual es lo único en que son verdaderos expertos. Albany no le pone atención al condado ni a Búfalo porque ya saben lo que dan y lo que se puede esperar de ellos, lo cual créanme, no es mucho. Lackawanna, creando trabajos para los que ayudan en las elecciones, para luego gritar que no tienen dinero para los maestros, los policías, los empleados municipales y ahora los bomberos, son culpables de ineficiencia para el bienestar público... Y el público de Lackawanna, no Albany ni Washington, deben hacer algo "Quickly".

LO MIO, ES MIO... Es Mío... es mío...

Usar el nombre de Dios en vano es un pecado; eso lo sabemos los que hemos ido a la iglesia y los que estamos por ir un día de estos. Los negros, por lo menos al presente, se esconden detrás de su raza y su color para achacar todos sus problemas al sistema o a la discriminación. Los hispanos, no todos gracias a Dios, se esconden detrás del patriotismo y de la sagrada cultura para llevar a cabo sus actos de aislamiento que a menudo cometen en nuestra comunidad.

La última vez que visité la islita, me sorprendió ver aquella forma de vida, la cual yo nunca conocí cuando allí residí. En mis tiempos, como solíamos decir, el vecino era no tan solo un vecino, sino, un familiar. Lo poco que uno tenía lo compartía con el otro. El reloj no tenía hora cuando de hacer un favor o una caridad se trataba... y digo se trataba, porque es exactamente como tal palabra es efectiva, en el pasado. El presente, tanto aquí en América, como allá en la isla, es una farsa llena de egoísmo e hipocresía .El buen vecino tiene su casa con una buena marquesina y un buen carro estacionado en la misma y aunque le debe hasta "María Santísima" como solemos decir, se cree que tiene al diablo "agarrao" del rabo. Se acabaron los favores, se acabaron los intercambios de platitos y cuchifritos... ahora todo es querer aparentar, aunque en el proceso, "me lleve el diablo".

Esa misma forma de vida, la cual no tengo la más mínima idea de donde surgió, se ha estado llevando a cabo aquí en nuestro patio... aquí en Nueva York y aquí en Búfalo. Es preciso ver cuantas organizaciones existen, por ejemplo, aquí en el Oeste del estado. Estas organizaciones se dedican a todo, desde fomentar la educación hasta vender mabí en los carnavales de verano... y eso es comendable, lo que no es comendable es su falta de tacto y su falta de compañerismo para con el resto de la comunidad. Cada vez que doy la media vuelta, (como decía el gran Javier Solís) aparece alguna organización que celebró X cantidad de años de estar TRABAJANDO (?) (No me haga reír) en la comunidad hispana. Pero, si en verdad están trabajando con o para la comunidad, ¿Cómo es posible que se viene a saber de su ANIVERSARIO después que pasó? ¿Cómo es posible que todo lo hagan "hush-hush" por allá sin decirle ni invitar a otras organizaciones a celebrar su buena dicha en tan grato momento? ¿Saben por qué? Porque tienen esa irracionalidad en la sangre, que lo mío es mío y no lo comparto con nadie, ni por bien ni por mal... El que quiera peje que moje el...

Si esta es la forma de compañerismo que conocen... en buena forma y de corazón les digo... "shove-it".

LO SIENTO, PERO ESTOY COMO LA RODILLA DE UN CABRO

Sentadito yo en mi casa deleitándome escuchando la música brava de un disco redondo, llegó mi esposa del trabajo y después de gritar y saltar por estar el disco muy alto en volumen, me preguntó que cuando iba yo a escribir la columna del Diario. "Tan pronto encuentre un tema importante" le contesté. Desafortunadamente, no tuve que esperar mucho.

Diciembre 7 (1941) vive en la historia como un día de infamia. En este día fue llevado a cabo el ataque traicionero a Pearl Harbor por los japoneses. Diciembre 8 (1979) vivió la historia otro ataque traicionero, no por los japoneses, sino por la comunidad hispana del Oeste del estado (N.Y.) contra la emisora radial de la Universidad de Búfalo, WBFO.

La injusticia dio comienzo a la 1:30 de la tarde.

Dio comienzo el programa semanal "La Comunidad En Vivo", el cual llega a todos nosotros, todos los sábados. Pero este sábado, era un sábado especial. En ese día se llevaría a cabo el "drive" anual de recaudar fondos para que los programas sigan en el aire, ya que dicha emisora no cuenta con recursos de anuncios comerciales. "Le pedimos al público en general y muy especialmente a la comunidad hispana que nos llamen y hagan su promesa de donación, no importa la cantidad". Decía el señor Francisco Rivera, presidente del Club Mexicano de Lackawanna y quien era moderador del programa, tal como lo ha venido haciendo por muchos años. Pasaron las horas. No llamadas. "¿Qué es lo que pasa?" frecuentemente se preguntaba el señor Rivera. "¿Por qué no nos llaman?" "De ustedes depende que estos programas continúen en el aire para el beneficio de toda la comunidad hispana" Pero sus súplicas caían en oídos sordos, que si no estaban llenos de cera, estaban llenos de pocavergüenza.

Faltando cinco minutos para terminar el programa, el señor Rivera no pudo controlar su ira y dijo: "Tengo entendido que en el oeste de Nueva York residen más de 20,000 hispanos, hasta la fecha solamente nos han llamado 7 personas para hacer su contribución. Me llena de vergüenza que tomen tan poco interés en lo que nos conviene" Y con un tremendo taco (no de comida) en su garganta, el señor Rivera se despidió del aire hasta la próxima.

¿Vergüenza dijo el señor Rivera? ¿Qué es eso? ¿Con qué se come? ¿Cómo es posible dar lo que uno no tiene y si lo tiene no lo sabe usar? En la próxima, señor Rivera, lo llamarán más de 7 personas... no para donar, sino para que "me salude a mi esposa, mis 5 hijos, mi cuñada y mi novia, el gato, el perro" y a lo mejor, hasta para el ex-shah de Irán. Para esto lo llamarán señor Rivera, pero para contribuir dinero... "Are you crazy or was the chile too hot?"

LA CIUDAD SIN P´S

Recientemente, un reportero de un papel muy conocido, fue a hacerle una entrevista al comisionado de policía de cierta ciudad en la parte alta del estado.

Dicha entrevista tenía por consiguiente, el saber cómo dicha ciudad se había librado de las prostitutas que adornaban sus preciosas calles llenas de papeles y edificios quemados, medios quemados y por quemarse.

"¡Dígame, señor comisionado! ¿Cómo fue usted tan eficiente en despojar esta ciudad de sus mujeres nocturnas?" preguntó el reportero. "Primeramente, déjeme decirle que no todas eran nocturnas" contestó el comisionado... "ellas salían de mañana, de tarde y a todas horas. Pero lo más importante es que ya no hay, y eso era lo que más yo añoraba", Esto lo obtuve a través de trampas y actos que inventamos para arrestar, no tan solo las prostis, sino los que las frecuentaban también". "Me puede explicar un poquito sobre sus dichosas y excitantes trampas?" suplicó el reportero. "Pues le diré que una de las más eficientes, lo fue el poner mujeres policías disfrazadas de prostis en la calle, y cuando un viajero o turista le solicitaba, brincaban los policías que teníamos escondidos y lo arrestaban, luego poníamos su nombre en el periódico para que toda su familia, sus amigos, su empleado y todo el mundo en general lo supiese, y así someterlo a la ridiculez y vergüenza de todo el mundo. Nice... ¿verdad?" "Si, eso suena bien chévere... pero dígame ¿Usted sentía orgullo cuando arrestaban a un pobre hombre que no estaba violando la ley en todo el sentido de la palabra, sino que quería tener un rato de placer en compañía de una dama?" "Pues a decirle verdad, fueron muchas las veces que mis ojos se vieron empapados de lágrimas, porque sabía que su arresto le iba a costar su trabajo, su esposa le pediría el divorcio y a lo mejor, o se suicidaba, o se volvía un *wino*, pero todo eso era por su bien" "¿Por su bien?" "Sí, por su bien, ¿usted no sabe que esas prostis cargaban cuchillas y toda clase de armas? Así, al arrestarlo, lo estábamos protegiendo de meterse en *trouble*, ¿me entiende?" "Entonces señor comisionado, ¿usted no tan solo se libró de las prostis, sino también de los que las frecuentaban, aunque muchos de ellos hayan sido arruinados por vida?" "Si señor, así fue, y ahora que tenemos el Centro de Convenciones, no habrá relajo de mujeres en mi ciudad, y si se aparecen por aquí, lo convierto en centro de convicciones" "Muchas gracias señor comisionado por la entrevista, y quién sabe si algún día nos volvamos a ver, pero al momento tengo que coger un vuelo para Los Ángeles, donde los ángeles tienen cuernos, ya que en su ciudad no tienen ni el alfabeto completo".

LA TIERRA DEL FUEGO

El pasado domingo 1 de julio, celebró el Centro Mexicano de la ciudad de Lackawanna, su anual día campestre. Este se llevó a cabo en el parque Newton-Abbott de Hamburg, N.Y. Allí en aquel ambiente tan amigable y siempre con la amenaza de lluvia, vi a mis amigos y muchas caras que desafortunadamente solo suelo ver cuando hay alguna actividad. Entre los sospechosos, encontré varios directores del Diario así como Albert Cappas, publicador, fundador y presidente del mismo; Jhon Moffitt, jefe de circulación y Frank (apellido), nuestro fotógrafo número 1.

Nos sentamos a echarnos una fría y la conversación llegó a mi reciente viaje a México. "Cuéntanos como te fue..." me dijo Cappas, "pues a decir verdad..." le contesté, "es un verdadero placer visitar un país tan hermoso. La gente es tan amable y cariñosa que me recuerda mi lindo Puerto Rico. La primera experiencia la tuve al llegar a Acapulco. Inmediatamente que llegué a mi hotel, mi esposa notó que nos faltaba un maletín donde ella había escondido su traje de baño y $11.75 que era todo lo que tenía. Nerviosa y con ganas de llorar me dijo que iría al aeropuerto a buscarla. Pero yo la convencí que quizás con una llamadita se solucionaría el problema... y así fue. Llamé al aeropuerto y luego de identificarme, el caballero encargado de equipaje me dijo con mucho júbilo, que si tenía en su posesión mi dichosa maleta. Le ofrecí pagar porque me la mandara al hotel, y me respondió que sí me la mandaría, pero que lo del pago no se oía muy bien. En término de dos horas tenía mi maleta en mi cuarto y no me costó ni un centavo. Esa noche, nos fuimos a cenar y después de la cena y varios tequilitas en la parte central del cuerpo, nos trasladamos a caballo (no bull) al hotel Ritz de Acapulco. Tres diferentes grupos hicieron su aparición en el escenario esa noche. El primero fue un grupo norteño cuya música era tan brava que yo quería levantarme y echar un taconazo, pero mi guardaespaldas me decía... "si bailas, me voy" Así que no bailé. Luego hicieron su aparición los Jarochos de Veracruz. Dos bellísimas jóvenes tocando guitarra como sólo ellas lo pueden hacer, acompañadas de su papá en otra guitarra y su hermano en el arpa. Después de varias canciones, bailaron sus bailes típicos y yo con cada taconazo me echaba un tequilazo. Por fin llegó lo que yo quería ver... el mariachi. Comenzaron su "show" saludando al público en general y luego preguntando individualmente su procedencia. Yo, muy orgulloso, les dije que era procedente de Puerto Rico y para que decir más... Inmediatamente nos saludaron con "Mi viejo San Juan" y de allí procedimos a ser grandes amigos. En su día libre nos fuimos a ver la variedad en el Centro de Convenciones y nuestra partida fue algo memorable. Para mí fueron unas vacaciones inolvidables con una gente incomparable.

LAS VUELTAS DEL MUNDO

Todo padre, por lo regular, tiene ambiciones para sus hijos. Los pobres sueñan con que su hijita se case con un riquito para que sea feliz y le pase los pesos al viejo de vez en cuando. Los ricachos, por el contrario, les da pesadilla en pensar que su hijo, el doctor, el abogado, etc., se envuelva con una pelá. Pero, como el hombre propone y Dios dispone, no siempre las cosas les salen como añoran.

Hoy día, tenemos un problema que ni el mismo presidente Carter le encuentra solución y esto le va a costar la hamaca de la Casa Blanca. Dicho problema, demás está decir, es la dichosa gasolina. Tenemos problemas de inflación también, pero a la gente no le importa eso, lo que le importa es tener gasolina en su carro para ir a donde les de gusto y gana. Pero como no lo pueden hacer así por ahora, se ha cambiado la tortilla, como decimos en la isla, y uno de lo empleados mas abusados en cualquier ciudad, pueblo o aldea, el despachador o servidor de gasolina, de la noche a la mañana se ha convertido en un héroe. No importa que sea mas feo que un pecado mortal, las mujeres lo miran con admiración, le sonríen y hasta lo invitan a un "cocktail" después que salga de trabajar. ¿Que tiene las uñas sucias y grasa debajo de ellas? Eso no importa. El amor es ciego. Antes decían "... me limpia el parabrisas, mida el aceite y cheque el agua"; ahora dicen "... Mira Mon, dame diez pesitos, aunque el máximo son cinco, pero yo sabré darte las gracias". O si no, dicen "Hay que bueno que están abiertos y tienen gasolina... dame diez pesos y olvídate del agua y del aceite, y aquí tienes una propinita para que te des una fría cuando salgas de trabajar". Este cambio increíble en la actitud de los choferes de ambos sexos lo han notado los empleados de puestos de gasolina y ahora su arrogancia para con el cliente, no es menester de crítica, puesto que cuando la gasolina estaba en abundancia y barata, dichos clientes los miraban (los empleados) como si fueran nada... nadie... una simple pila de miniminimainimo.

Algún día, como ya hemos visto en la ciudad de Nueva York, el empleado público que vez por semana viene a recoger la basura, y que también es menospreciado por aquellos que tienen un trabajito más limpio, pero que su estupidez no les deja pensar que todo el mundo necesita de alguien, ellos también puede que algún día sean mirados, no con repugnancia, y si con respeto.

ESTA COLUMNA LLEGÓ A USTEDES COMO UNA CORTESÍA DE:

“HIPOCRESÍA, U.S.A. INC.”

LA VERDAD DUELE, PERO...

El domingo 22 de julio, me dirigí silencioso hacia el parque Chestnut Ridge, donde después de dar más vueltas que un trompo, encontré el "pic-nic" de Vitín y su Club Puertorriqueño de Lackawanna. Gozamos que se ve y todo estaba muy bien ordenado. Los muchachos de Dunkirk, que también allí estaban deleitándonos con alegres canciones, me pidieron que escribiera algo sobre el "pic-nic", y yo así pensaba hacerlo, pero algo más importante se me ha presentado y estoy seguro que ellos comprenderán la importancia al leer esta columna.

En el diario de julio 26, leí que mi ahijado Benny Matta, quien es "committeeman" democrático en la ciudad de Búfalo, está más "empantalonao" que un ciempiés mojado por orines debido a que, según dice él (Matta), el Concilio de Búfalo, no le ha dado mucho énfasis al empleamiento de hispanos en los trabajos de verano. "Con la excepción de la señora Elizabeth Sole", dice Matta, "La mayoría del Concilio solamente nos ha dado pura labia". Lo que más me impresionó del artículo, es que el señor Matta, dice que la única diferencia entre los blanquitos, los negros, y los hispanos, lo es que éstos últimos, no tienen representación en el Concilio. Esto es una verdadera verdad. Pero, pregunto yo ¿Quién tiene la culpa de que tal representación no exista? ¡¡Ahhh, ya estamos llegando!! No es posible tener representación ni en el concilio, ni en el infierno si no lo desea así la muchedumbre. Un caballo se puede llevar al río, pero no lo puede hacer beber si el así no lo desea... en otras palabras, si el hispano no tiene el interés, el orgullo o el tiempo de ver que sea debidamente representado, no le puede echar la culpa a "Desenex" y si a sí mismo. Los polacos son reconocidos porque en unión pelean por sus derechos.

Igualmente, los negros y últimamente hasta los árabes tienen más representación que nosotros.

La falta de representación hispana es un "inside job". He aquí un ejemplo: En la fiesta de la calle Swan de Búfalo, el pasado domingo, me encontré con el señor Miguel A. Medina, quien está corriendo como candidato al Concilio por el Distrito de Ellicott. Tristemente me dijo él (Medina), que su campaña está teniendo mejores resultados con la comunidad negra que con la hispana. Esto, señores, manda ma... Al yo decirle al señor Medina que eso estaba duro de digerir, me dijo "... si miento, que me caiga el palo encebao encima..." yo me eché pa' un laito por si acaso... pero no sucedió nada. No mentía. Si esto no es una vergüenza, que venga Dios y lo vea. Por lo tanto, a estos dos caballeros les digo lo siguiente: "Señor Medina, éxito y agárrelo como pueda". Y al señor Matta: "¡¡Mi jijo, las úlceras son malas de curar... no las desarrolles por quien no lo agradece... COOL IT!!"

LA COMUNIDAD... ¿DE QUIEN?

La semana pasada no pude escribir mi columna debido a que Albert no me mandó el cheque, pero ya que lo recibí, aquí estoy nuevamente en el teje-meneje.

Con frecuencia, tomamos actos o palabras como algo rutinario y no le ponemos mucha atención. Por ejemplo, el hecho de que muchos hispanos no se molestan en registrarse y mucho menos se apuran por votar (tal como ahora debían estar registrándose para votar en noviembre), no nos causa mucha sorpresa. El que el dichoso "you know" sea tan usado en el idioma inglés, tanto por americanos como hispanos es tan común, que si no lo usan, creemos que no están hablando inglés. Pero una palabrita que me está cayendo media pesetona últimamente, es la célebre "comunidad". Parece que esta palabrita es muy fácil de pronunciar o muy efectiva en cubrir bastante territorio sin mucho esfuerzo.

El diccionario "Webster" define la palabra comunidad como: "Un grupo de personas que viven juntas en una unidad social de una ciudad o distrito, y que tienen en común sus intereses, sus trabajos, etc.". Aquí en Búfalo tienen un relajito con la palabrita esta (comunidad) que la usan en todo, para todo y por todos. En un programa de radio, recientemente escuché la palabra comunidad tantas veces que creí que dicho programa era grabado y la cinta se había pegado. Los dos periódicos con que contamos (el Diario Latino y el Hispano News) están para servir y al servicio de nuestra comunidad hispana. Los programas de radio son también para servir a nuestra comunidad hispana (algunos dicen de Búfalo -lo cual me deja pensar que los que no vivimos en Búfalo, no contamos en dicho complimento, ¿no?). Pedro el Ratero, vende números de bolita clandestina, y apuesto que si le pregunto, también me dice que lo hace "para el beneficio de nuestra comunidad".

Si la definición de la palabra comunidad es tal como dice el diccionario Webster, entonces aquí no existe tal comunidad. Y sí más bien, un tremendo tira-y-jala que no tiene comparación. Las actividades dentro de la "comunidad" son planeadas sin importarle a los organizadores que otra actividad puede que se lleve a cabo esa misma fecha. Los bailecitos son más bien una batalla del que vea menos gente, y para acabar de completar, no faltan los "dictadorcitos" que todo tiene que ser "como yo diga".

Por lo tanto, presento la moción que la palabra "COMUNIDAD" sea usada por personas que cuando la usen, sepan de lo que están hablando... ¿WHO SECONDS THE MOTION?

LOCOS NO, ARREMATADOS

Latino América, es más bien identificada, no con su pobreza, y si más bien con sus dictaduras. El "quítate tu pa' ponerme yo", es un juego que ya no causa sensación en las noticias. Cuando un dictador le dice a otro: "Ya tu gozaste, salte que ahora me toca a mí", se considera un acto rutinario. Todo dictador teme la crítica, por lo tanto, su primer paso es ponerle mordaza a la prensa.

Puerto Rico, que al momento goza de su llamado Estado Libre Asociado, aparentemente le ha picado la pulguita de la dictadura después de sus abominables elecciones en noviembre de 1980, las cuales, dos meses después de ellas, no se sabía quién ganó.

La Constitución de Estados Unidos dice claramente que: "El Congreso no formará ninguna ley que disminuya la libertad de palabra o de prensa". He aquí el caso: Siete países de Latinoamérica, incluyendo Venezuela y Colombia, requieren que los periodistas obtengan licencia para poder ejercer su oficio en la misma forma que un doctor o abogado necesitan licencia para ejercer su profesión.

Me imagino que las aplicaciones serían procesadas en esta forma: "Buenas tardes, soy el periodista Yes Man y deseo obtener la licencia requerida", "Ah, usted es el señor Yes Man... su aplicación a sido procesada y mi gobierno está muy contento con sus artículos porque no importa lo mal que gobierne, usted lo trata como a un rey. Eso es muy comendable y su nombre está en la lista de los *good guys*". Haciendo turno, está el periodista Haz Lobueno. Un hombre imparcial, decente y dedicado a combatir injusticias, especialmente las cometidas por el gobierno. "Buenas tardes, mi nombre es Haz Lobueno y deseo obtener mi licencia de Periodista". "Tome asiento señor Lobueno y estaré con usted en un minuto.". El minuto dura veinte, porque el señorito oficial fue a ver la lista de enemigos (a la de Nixon) y ver si el señor Lobueno aparecía en ella. Si... allí estaba su nombre. "Señor Lobueno, siento informarle que no puede extenderle su licencia porque su aplicación no está en orden" "¿Cómo que no está en orden?" grita el señor Lobueno, "En su aplicación, usted dice que nació en la ciudad de Ponce, pero que no le gustan las quenepas... eso es un no, ¿no? También dice que su música favorita lo es la danza de Puerto Rico... eso también es un no, ¿no? Y usted como periodista lo debe saber mejor que yo. Tendremos que investigar su aplicación más a fondo, y mientras tanto, recuerde que, si escribe sin licencia, va a ser huésped del gobierno en la Princesa... buenas tardes." "Pero... ¿Qué tiempo durará tal investigación?" preguntó el periodista sudando. "varios años señor, varios años".

El periódico El Mundo de Puerto Rico critica tan abominable idea, y dice en una de sus ediciones: "aunque el periodismo es una profesión, es una profesión con una base constitucional, que ninguna otra profesión disfruta de ella". ¡¡Amén!! Si los legisladores en la isla siquiera dan su tiempo para discutir tan bochornosa idea, puertorriqueño o no, ruego que el Congreso de Estados Unidos interfiera, no importa a quien no le guste.

LO DE AQUÍ... ¡NO! - LO DE ALLÁ... ¡SI!

Nuevamente una bella señorita de nuestra comunidad hispana ha sido coronada Miss Hispanic 1979. La nueva reina, Srita. Gladys Rivera, es graduada de la escuela superior Grover Cleveland y sus padres son naturales de Humacao, P.R. Para Gladys, van nuestras más sinceras felicitaciones, al igual que para Adelaida Dones e Ivette Hernández, ganadoras del segundo y tercer lugar respectivamente.

Como es de esperarse, dicho concurso no se llevó a cabo sin novedad. El Latin Journal publicó un artículo en el cual nos informan sobre datos personales de la ganadora, pero luego dan paso a comentar sobre "críticas" en la forma de que dicho concurso fue llevado a cabo. Entre ellas (críticas) dícese que los jueces eran todos no hispanos, que el maestro de ceremonias tampoco era hispano, que los políticos estaban como el arroz blanco (metidos en todo) y que a ninguno de los líderes hispanos se les dio mención o reconocimiento por su trabajo para la comunidad. Estas críticas son a consecuencias de "lo que se vio en el programa". Cosa justa, puesto que así fue... pero lo que no se vio, es el hecho de que el señor Chito Olivencia, promotor y organizador del evento, dice no haber recibido la participación ni la cooperación del público hispano tal como él hubiese preferido. "Si los políticos o los americanos son los que cooperan en el evento", dice Chito, "a ellos les sabré dar las gracias." En parte, tiene razón.

Y hablando de reconocimiento... aquí en el oeste de N.Y., parece que el que viva aquí mucho tiempo, no importa lo que haga o haya hecho, no tiene valor alguno. Aún recuerdo mis días en la Universidad de Búfalo. Cuando comenzaron a venir los "rejects" de Nueva York, aquí era todo "santo donde te pongo". En todas las actividades universitarias, ellos tenían sus manos llenas... si no de nombramientos, de muchachas locales. (Los muchachos locales eran "squares" para las locales, los "rejects" eran "hip"). Recientemente apareció en un periódico local, la noticia de un joven (40 años de edad) quien reside en Búfalo por menos de 4 años y según dice él... "el '*board*' del P.R.C.C. está detrás de mi para que me haga miembro de dicha '*board*'". Si este señor tiene las cualificaciones, porqué no... pero ¿a cuántos residentes en la comunidad le ha "rogado" el P.R.C.C. para que sean miembros del '*board*'? Cuando Pedro Mauras formó la Conferencia P.R.-Mexicana (a fines de 1969-70), la directiva estaba más infiltrada por americanos que puertorros o mexicanos. En su infancia, el club puertorriqueño de Lackawanna tuvo dificultades con algunos miembros que no solo querían elegir una mujer a la presidencia, sino que ésta era polaca para más complicar la cosa.

¿Será posible que nuestra inseguridad sea tan enorme, que nada nuestro tiene valor? ¿Será posible que los que eligen y votan por los de "afuera", tengan miedo que un local les demuestre que son ellos y no los locales los que deben estar mirando de afuera para adentro? En el caso de Chito Olivencia y Miss Hispanic, no lo culpo... el peso hay que buscarlo donde se encuentre, aunque si debe envolver más hispanos en su programación, aunque sea para despistar... ¿y los otros?... Ciego que nunca ve, cuando ve, se vuelve loco.

LA OPINION DEL LECTOR... ¡¡SI!! ¿DEL DIRECTOR?... ¡¡BAH!!

Las torrenciales lluvias que inundaron el oeste del estado recientemente, como consecuencias del huracán Federico, me dieron tiempo de limpiar mi escritorio debido a que no pude salir a gastar mis chavitos como suelo hacerlo.

Entre mis "souvenirs", encontré una carta dirigida al editor, la cual me fue expedida a mí por dicho editor. Dicha carta consta de algo que yo escribí sobre una actividad llevada a cabo y cuya crítica de dicha actividad, no le cayó nada de bien a cierta(s) persona(s). En dicha columna, yo escribí sobre lo que vi, cómo lo vi y cómo lo interpreté. Demás está decir que cuando un crítico, bien sea del cine, novelas, documentarios, etc., da una opinión afirmativa, otro, puede encontrar el mismo trabajo completamente negativo. En mi caso, mi columna fue no solamente interpretada como "basura", sino que mi pobrecito editor, también cogió su parte por publicar dicha "basura". En esa columna me fui de cero carreras, cero hits y cero errores... corrección... un error. Lo único que me sirve de estímulo, es que por uno que lo encuentre "basuruña", hay 20 que lo encuentran chévere.

Yo, por lo menos, soy un desconocido. Pero ¿Qué se va a hacer el pobre Jim Bishop? conocido escritor del Courier y cuya columna no aparece solamente en un periódico como la mía, sino en sindicato. El señor Bishop dijo en una de sus columnas que, estando él y su familia en Florida, llegó David. En la Florida, dice el señor Bishop, les encantan y les fascinan los huracanes. La prensa y la tele se pasan recordando al público de los huracanes pasados, y como por los últimos 15 años no han tenido un huracán, ahora que vieron venir a David, se pusieron de gala. Incesantemente, dice el sr. Bishop, se pasaban diciéndoles a las personas que "no se alarmen", pero se los dijeron tanto y tanto, que no solamente se alarmaron, sino que hubo pánico para acabar de arreglar la cosa. Muchos huéspedes se fueron de los hoteles, ancianos fueron llevados en guagua a teatros donde ellos (los ancianos) esperaban comer como reyes, (aparentemente, no les dieron ni hot dogs) las mujeres embarazadas, encinta o simplemente gordas (herméticamente) se fueron a registrar a diferentes hospitales por si acaso. Y mientras todo esto sucedía en Florida, ¿Dónde estaba el señor Bishop? En su casa, mirando en la tele una película del fenecido John Wayne, la cual dice él, fue mas interrumpida que un discurso político, para recordarle a la gente que "no se alarme".

Como verán, esa es la opinión de Mr. Bishop en cuanto a la forma de actuar de los floridences, en cuanto a huracanes se refiere. Si él les quiere llamar cobardes, los floridesnces, estoy seguro, no estarán de acuerdo con eso, pero escribirle al editor del periódico o al director de noticias de la radio y la televisión, y decirles que lo que escribió el sr. Bishop es "basura", eso los floridiences no lo harán porque estoy en completa seguridad que ellos saben respetar la "opinión del escritor".

MAS BARBARASOS... 1979

Hay quien se arrepiente de casarse una vez, pero Glenn Wolfe, de 70 años de edad, contrajo nupcias, una vez más, con Guadalupe Reyes Chávez, de 20 años de edad, en California (¿dónde más?) por la 23ª ocasión.

Con la cuestión del aceite, el petróleo y la gasolina, el alcalde de Búfalo, James Griffin, ha jurado que una vez por semana vendrá a trabajar en camión o guagua para cooperar con el conservamiento de energía. ¿Por qué mejor no en bicicleta?

¿Se acuerdan de Somoza, el dictador de Nicaragua? Los sandinistas le limpiaron el pico a su dictadura, y sin inconveniencia alguna, se vino a vivir a la Florida, donde el gobierno de Estados Unidos le dijo: "Welcome Somo!" y ahora, el muy jijo dice que el gobierno americano fue culpable de que él perdiera su reino, y que Nicaragua será comunista en un futuro muy cercano. ¿Cómo puede un hombre (?) que cobraba un porciento a los pobres que donaban sangre por $5 hablar de comunismo ni ocho cuartos?

Las diez bellas muchachas que participaron en el segundo concurso de Miss Hispanic, están siendo sometidas a una serie de presentaciones y exposiciones al ojo público, lo cual es comendable de parte de Puchito, su organizador, ya que el año pasado lo critiqué por no darle más publicidad al evento. Ojalá y este año sea más atractivo y que no se hable mucho inglés, ya que, en los eventos de Miss América, yo no los oigo hablando mucho -si es que lo hablan- español.

Un tirito, una bofetada o un macetazo se le da a cualquiera... así pensó el déspota dictador de la ciudad de Filadelfia, Risso el Erizo. Una investigación del gobierno federal descubrió que los abusos cometidos por la policía de Fillie contra los negros y los hispanos era, increíblemente, apoyado por el comisionado de policía y no dudó si perpetrado bajo la mente racista del una vez comisionado y ahora alcalde... Mr. #&%*.

El Club Mexicano celebrará el Día de la Independencia de México el día 29 de septiembre en el Newton-Abbott Hall de Hamburg y Angel Sánchez, su secretario está mandando cartas hasta a los presos (en caso que salgan de fianza o se escapen) y creo que será una gran actividad... "Welcome" dice Angel.

No tenemos aceite en América... pero si lo encontramos, lo venderemos. ¡¡No Bull!! América (?) le está vendiendo aceite de calefacción a Iran, porque ellos están muy ocupados fusilando hasta al que se despierta tarde y no tienen tiempo de manejar las...

MIRA EL PAJARITO...

El problema de la gasolina ha traído por consiguiente problemas que, en lugar de solucionarse, parecen ponerse peores. "El pagar un dólar por galón de gasolina no se verá en este país por buen tiempo..." decían los políticos expertos. El buen tiempo fueron unos cuantos meses. No tan sólo ya cuesta más de un dólar el galón, sino que después del día 20 del mes, no se encuentra por ningún precio. El Concilio de Seguridad Nacional (*National Safety Council*) dice que, con la ración y el precio de la gasolina, la gente comprará más carros pequeños, los cuales contribuirán a que haya más muertes en la carretera. Pero eso no importa, al contrario, es una buena forma de reducir la sobrepoblación. El pobre motorista, cono si no tuviese suficientes dolores de "cacumen", ha recibido la estupenda noticia de Albany, de que la licencia de manejar en el estado de Nueva York, al ser renovada, tendrá que ir acompañada de un retrato, costará $1.50 más, y en lugar de ser renovada cada 3 años, serán 4. Estos cambios, aparentemente, no tienen mucho significado. ¿Qué es $1.50? ¿Qué importa que tenga que esperar un año más para que me quiten las marcas que tenga dicha licencia? Pero el dolorcito de estómago comienza con el dichoso retrato. El Gobierno Federal y el Departamento de Emigración aceptan retratos que el individuo puede sacar en una máquina o en cualquier fotografía, ya que de eso viven sus dueños... pero nuestro amable gobernador, no acepta tal retrato. El motorista tendrá que ir al departamento donde renueva su licencia, y allí, y nada más que allí, le sacarán su retrato a todo color, el cual, irá a Albany y uno permanecerá en su archivo, y el otro (son dos) vendrá pegado con mica en su licencia. Este relajito, aparentemente, como dicen por ahí, es con la idea de "justificar" el empleo de miles de empleados políticos, los cuales, indiscutiblemente, serán los encargados de jugar con las dichosas licencias y su retrato. Pero ahí no termina el corre y corre del pobre motorista. El primer paso, es manejar a "downtown", donde (en el caso de Búfalo) quemará medio tanque de la cara y escaza gasolina, buscando estacionamiento, y no busque un "meter", porque no sabe si ha de estar en fila por mucho tiempo, y si se le pasa el tiempo... encontrará tremendo ticket en la antena. Una vez estacionado, en un "ramp", le cobrarán por hora. Así que a $1.07 el galón, a $1.00 la hora, y a $1.50 el retrato, todo en total, le saldrá por un ojo de la cara. Pero no les de coraje, desquítense votando por él otra vez en las próximas elecciones... de maldad.

MUCHA SALSA... PERO... POCO CONTROL

El pasado 18 de febrero, se celebró en Búfalo, la primera noche de Salsa Latina. De más está decir que, dicho acto fue un éxito. Hubo concursos de baile y todo fue muy bien planeado. La música estaba de película y la banda de Pete tocó como se debe... Ahora, El Diario ha anunciado que una nueva noche de salsa se llevará a cabo el día 18 de marzo, en el mismo lugar y con la misma gente. Es bueno ver que la comunidad cuente con algo para alegrarse de vez en cuando, pero lo que encuentro un poco fuera de lugar, es que dicha actividad se lleve a cabo en Cuaresma. ¿Es que ya nuestra cultura e ideales se están volviendo gringos? Los americanos bailan hasta el Viernes Santo... si hay pesos, eso es lo que vale. Oh si, ellos (los americanos) dedican tres horas del día a la celebración de la Pasión y Muerte de Nuestro Señor... que sacrificio ¿verdad? En Puerto Rico, y en casi toda Latinoamérica, se observa la Semana Santa casi completa. En años ya pasados, muchos puertorriqueños rehusaban hasta ir a trabajar en tan memorable día... pero ya nos hemos americanizado. La Cuaresma es para los católicos... ese parece ser el parecer de muchos, pero ellos saben que no engañan a nadie sino a ellos mismos. En el caso de la noche de salsa, les deseo que sea un éxito como el primero, pero a mi no me verán por allí.

En ocasiones, personas me han preguntado que... "cuando voy a escribir algo sobre ellos". Uno de los tantos, fue un amigo del Centro Social Mexicano de Lackawanna. El quería saber que porqué no escribo algo sobre el club. En aquel entonces, no tenía nada que escribir... ahora tengo, y ahora lo hago.

El club que estaba financieramente en la parte debajo de la rueda, ha revivido nuevamente gracias a los amigos Yoyo

Rivera y el amigo cantante y guitarrista Horacio. Ya se ve un poco de vida en el club, especialmente los viernes y sábados, cuando allí están estos dos amigos rodeados de palomillas. Desafortunadamente, tengo que decir que con la excepción de Ángel Sánchez, Joselillo y el señor Coronado, los MEXICANOS BRILLAN POR SU AUSENCIA... pero eso ya es juguete viejo, y los que allí nos reunimos, gozamos con la buena música y los chistes del Compadre Juan Figueroa, que no solo los hace buenos, sino que los hace bien laaaaargos... pregúntenle a Malucci.

MISS HISPANIC... ¿DÓNDE ESTÁS?

Por fin pasaron las elecciones y si aprendimos algo de ellas, fue que todo candidato debe tener el tiempo y el dinero para exponerse y darse a conocer con el público si es que desea ser electo.

El programa que se llevó a cabo recientemente con respecto al reconocimiento de Doña Lola Pérez como una fuerza moral y espiritual en nuestra comunidad, fue un éxito debido a la publicidad y al esmero de los encargados de hacer llegar al público en general, en una forma u otra, como, cuando y donde dicho evento se llevaría a cabo. Ahora tenemos otro evento muy importante para el reconocimiento de nuestra comunidad, puesto que se trata de elegir una dama que nos represente a todos los hispanos en el Oeste del estado donde vivimos.

El evento tiene dos puntos de vista que yo encuentro demasiado importantes para que no se les de el mayor esmero en que ambos sean un éxito. Primeramente, el evento de Miss Hispanic, pondrá por alto el nombre de nuestra comunidad "siempre y cuando que sea un éxito...". Segundo, los americanos, especialmente, han sido de opinión que los hispanos no nos sabemos o podemos organizar, por lo tanto, la presentación de este evento, indirectamente, puede dar mérito o desacreditar esa creencia y es por eso que tengo un poquito de miedo en la forma que veo que se está llevando a cabo su preparación.

La publicidad es muy necesaria para que un evento sea un éxito. La publicidad que hasta la fecha he visto para con las damas que han de participar me pone el corazón a trabajar "overtime". Un carteloncito aquí y otro allá no es publicidad. Toda forma de exposición debe ser usada hasta lo último. La radio, la tele, los periódicos americanos (no tan sólo el Diario) son formas de comunicación muy importantes para la publicidad.

Hasta la fecha, yo no he visto ni se siquiera quienes son las candidatas. Para esta fecha, ya debían haber sido expuestas al escudriño y presentación en público. El evento de Doña Lola Pérez, fue un perfecto momento para introducir al público a las jóvenes concursantes. Allí habían más de 500 personas y eso es publicidad. ¿No vieron a los políticos tratando de infiltrarse como quien no quiere la cosa? A ellos no los dejamos dañar el programa, pero presentar las jóvenes al público, estoy seguro que no hubiese encontrado ninguna oposición de parte de la directiva del P.R.C.C. (right Mike?) La visita al centro puertorriqueño del Gobernador Carey... otra buena oportunidad para exponer a las muchachas al ojo público. Un retrato en el periódico de ellas con el gobernador, vale más que cien cartelones.

Aun no es tarde, pero si, queda poco tiempo. Si el evento de seleccionar a Miss Hispanic, el 25 de noviembre, ha de ser un éxito, entonces hay que trabajar y trabajar duro en los días que quedan. Planear sin trabajar, es una pérdida de tiempo y para quedar mal, es mejor no hacer nada. La comunidad hispana no puede recibir más crítica "destructiva". La comunidad hispana no puede recibir mas bofetadas en su rostro. Muchos dicen que la comunidad por fin despertó y ahora se está moviendo hacia adelante... estas son las noticias que deseamos escuchar. Un evento que nos ponga en ridículo, no importa cual sea, es un paso atrás y gasolina para el fuego que nos abrasa con la creencia que no nos podemos, ni sabemos organizar y de eso la comunidad no necesita. Éxito a todos los eventos venideros, pero háganlo bueno para que les dure...

MUCHAS GRACIAS... SIXTO

En los años que llevo escribiendo esta columna para el Diario, nunca soñé con tener que escribir una de la cual me sintiese avergonzado... de ésta lo estoy.

La comunidad hispana de Búfalo y de todo el oeste de Nueva York cuenta con un gran número de residentes. Desafortunadamente, también contamos con un pequeño número de líderes, a los cuales podríamos confiar para resolver nuestros problemas... ¡¡Oh si!! Tenemos muchos buscones por ahí que dicen ser líderes. ¿Quién los asignó a tal puesto?... solo ellos saben. Pero con líderes o sin ellos, en últimos años hemos venido progresando (con respecto al reconocimiento de nuestra comunidad) poco a poco. De esto nos sentimos orgullosos. Y entonces ¿Qué pasa... Ah? Pues lo que pasa, es que de la noche a la mañana vemos el pequeño progreso dar dos pasos hacia atrás, simplemente porque uno de los personajes más respetado en la comunidad, uno de los pocos a quien podemos mirar con orgullo y respeto, también dejó que lo picara la abeja de la avaricia (como a Orlando Cepeda) y nos ha echado en "reversa" como si nos lo mereciéramos.

La Constitución (gracias a ella), dice que todo el mundo es inocente hasta que se demuestre su culpabilidad. Y en mi libro, así ha de ser... pero cuando el dedo señala acusadoramente, no hay manera de echarlo para atrás.

Nuestro buen líder y amigo, Sixto Olivera, ha sido señalado como uno de los culpables de actos indebidos contra la compañía para la cual él trabajaba. El hecho que él pensaba correr como legislador para el distrito de Niágara, nos dio orgullo... nuestro soporte, indudablemente, estaba escrito, pero ahora aparece su nombre en las columnas de los periódicos locales, no como lo deseamos, sino como alguien cuya honestidad y franqueza es indudable, nos da, como decimos vulgarmente, una patá en la cara. Sixto ha sido para nosotros un ejemplo del liderato que la comunidad hispana necesita, y nosotros los creyentes, así también lo vimos... pero el hecho de que su nombre haya sido mencionado en una investigación en conexión de robos en la factoría donde él trabajaba, y el hecho de que él acepte la acusación como verídica, es no tan solo una patada en la cara para su querido padre (persona muy humilde y decente), sino para la comunidad en general.

Solo la ley puede juzgar a Sixto... pero la comunidad hispana... gracias a Sixto... ya fue juzgada.

MAS BARBARASOS... 1979

Aparentemente, el mes de septiembre no fue un mes muy bueno para el señor Angelo Lamberty, representante de la oficina del Departamento de Viviendas Urbanas aquí en Búfalo.

Primeramente, Isaías González le arremandó en el programa Ecos Borincanos, porque Angelo prometía, pero no aparecía... en el programa radial donde se le iba a hacer una entrevista. Luego, en la misma oficina del H.U.D. se celebró una pequeña fiestecita para celebrar la Semana Nacional Hispánica y el señor Lamberty los ofendió con su programa (impreso), donde aparecía una caricatura con un tipo vestido estilo mexicano en una pequeña tierrita pescando y echando su siestecita. Miguel Rivera, del P.R.C.C. y Tino Mejía, del Mexican Club de Lacka., sintieron, por dicha caricatura, porque representa (en su opinión) al mexicano como un vago. (¿Será Posible?).

Aquí en el Estado Imperial, un jovencito de 12 años de edad fue forzado (no bull) por el estado a pagar 64₵ de impuestos al estado por haber vendido "gusanitos" a los pescadores y haber tenido la audacia de no pagar dichos impuestos. "no estamos avergonzados... nos sentimos orgullosos de haber hecho lo que hicimos... es parte de la rutina..." ¿Quién dijo esto?... ¿sus papás? ¡No! Los oficiales del estado... "I LOVE N.Y."

Recientemente leí un artículo el cual decía que cuando uno besa... sí, dije besa, no, reza, si el besito es de mejillita, le sube la palpitación del corazón de 72 a 85, pero si dicho besito es de un poquito de trompita con bigote y un suspirito por el lado, la persona (esto no es broma) pierde 5 minutos de vida... si esto es verídico, yo estoy casi muerto.

Chito Olivencia dice que el verano de Miss Hispanic fue un éxito y le extiende las gracias a todos los que cooperaron para hacerlo tal... y a mí; me dio una chiva jugando dominó con el tocayo Suave al ritmo de Disco en el Club de la Swan. "¡¡Espera negro, espera!!"

¡¡La fiesta de Independencia Mexicana fue un éxito!! Todo estuvo muy bien ordenado, Pancho González se aventó con "Rodar y Rodar" y el señor González de los Tres Panchos (¿puros panchos verdad?) de Niagara Falls, se trajo a Rosita y su Conjunto a deleitarnos, y gozamos que vé... Lástima que se acabó muy pronto.

¡¡Y el último BARBARASO!!... los empleados federales pude que no reciban pago este mes... ¿será por lo que dijo Lamberty?

MEXICO AL BATE

Apenas estamos en febrero del año y ya éste está haciendo historia. La revolución en Irán, la cual ha causado crisis económicas a este país, aún está en pie, China y Vietnam se entraron a puños y la situación está peligrosa para el mundo entero, el presidente Carter fue a México a negociar el caso del gas y el petróleo, y por primera vez en la historia de Estados Unidos, un hispano ha declarado su candidatura para presidente de este país.

De los cuatro casos, la visita de Carter a México y la declaración del señor Benjamín Fernández sobre su candidatura son las más interesantes para nosotros. La visita de Carter trajo por consecuencia que el gran columnista y mi favorito Art Buckwald, escribiera una sátira, la cual he de traducir en parte porque la encuentro completamente cómica.

En su columna, dice el señor Buckwald que lo llamó su amigo Bellicose para preguntarle si le gustaría unirse a la organización "Amigos México-Americanos" "¿Porqué?" preguntó Buckwald, "Porque México está nadando en petróleo y tenemos que hacernos amigos antes que se lo vendan a otro" "tienes razón, un país que tenga tanto petróleo debe ser tratado con respeto, pero, ¿Qué podemos hacer?" preguntó Buckwald "¿Recuerdas el Álamo?... pues olvídalo". "A mí siempre me han caído bien los mexicanos" dijo Buckwald... "yo hasta he sido admirador de Pancho Villa" "Él era de lo mejor y nosotros queremos que su cumpleaños sea declarado día oficial de fiesta en E.E. U.U." contestó Bellicose. "También queremos que se les llame ilegales, simplemente porque cruzan la frontera sin papeles" "¿Qué los podemos llamar?" Preguntó Buckwald, "Los llamaremos...Turistas de habla Hispana que se les perdió el camino." Contestó Bellicose. También cambiaremos la cosa esa de llamarlos *Wetbacks*... los llamaremos Nadadores Olímpicos que practican en el Rio Grande. También pondremos coto a la frasecita esa de la Venganza de Moctezuma..." "eso si es bueno" dijo Buckwald... "¿Cómo le cambiaremos el nombre?" "muy fácil, le llamaremos Indigestión Acapulqueña" "Pues tu organización tiene mucho trabajo que hacer" "Eso que te he dicho no es nada, vamos a publicar un artículo en el Enquirer diciendo que Robert Redford, Paul Newman, Cheryl Tiegs y John Travolta son de origen mexicano" "Pero... supongamos que estas personas nieguen que son de origen mexicano, ¿Entonces qué?" preguntó Buckwald... "En ese caso, le mandaremos una cartita diciéndoles que vayan a comprar su gasolina en Iran..."

Así termina la historia de los planes de la Sociedad Amigos México-Americanos vista a través de los ojos del pobre soñador, Bellicose.

MAS VALE PRECAVER...
QUE TENER QUE REMEDIAR

En el programa radial "La Comunidad Opina" que se escucha todos los sábados a las 8:30 de la noche por la Universidad de Búfalo, recientemente tuvimos la oportunidad de escuchar las palabras consejeras del teniente William Payne, del Departamento de Sheriff del Condado de Erie quien tomó su tiempo para aconsejarnos sobre algunos tipos de carácter impío que se ganan la vida (?) abusando de los ancianos y los inocentes. ¿Cómo prevenirse? fue el tema del día, pero aparentemente no todo el mundo lo escuchó, lo entendió o le hizo caso.

A una pobre señora le limpiaron el pico a razón de $4000 ¿Quién lo hizo? A saber. ¿Cómo lo hicieron? Valiéndose de su honradez y falta de precaución. Eh aquí el caso...

La señora recibió una llamada telefónica, en la cual un supuesto agente de un banco, donde ella tenía sus ahorros, le informó que había un cierto empleado que estaba metiendo las manos donde no debía y lo querían pescar en el acto... "¿tendría usted la amabilidad de cooperar con nosotros para pescar esa rata?" le preguntaron a la señora... "you beter believe it" "¿Cómo?" "digo que sí" "Ok, esto es lo que tiene que hacer" le dijeron los ratas... "vaya al banco y saque $4000.00 pesos y me los trae a mí a la esquina de Pan y Agua... entonces nosotros le arreglamos el libro, para que el empleado pillo no se dé cuenta y cuando lo agarremos, le ponemos su dinero para atrás y ha hecho usted un acto de ciudadano cívico, no tan solo para el banco, sino para la comunidad en general... aquí no tenemos lugar para pillos..." dijo el pillo. La señora corrió como alma que lleva el diablo... sacó el dinero del banco y se dirigió inmediatamente a la esquina de Pan y Agua... allí un hombre bien trajeado se le identificó como el gerente del banco, y ella (pobrecita tonta) le entregó el dinero. Pasaron las horas y nacarile... no llamada, no chavos, no nothing. Sospechando algo, se decidió llamar al banco y preguntarles "what´s happening with my chavos, man?" "¿Cuáles chavos?" le preguntaron, "¿Cómo que cuales chavos?" dijo ella en estado de pánico... "los que usted me dijo que sacara para coger al pillito ese que trabaja en el banco, y los que le entregué en la esquina Pan y Agua hace como tres horas" "Señora..." le dijo el gerente, "A usted la han cogido de ..." "¿Cómo?" "el cómo no, el San Jacinto... le digo que usted ha sido víctima de un asalto sin atropello... le quitaron la soga y se la comió el león".

Pobre gaviota... digo señora. La embaucaron y le quitaron sus centavitos. ¿Por qué? Por la ignorancia. Si ella hubiese llamado a la policía o al Dept. de Sheriff, no le hubiese pasado eso. El caso de la señora es uno de muchos que suceden constantemente. Estos rateros saben cómo, cuándo y dónde lo hacen. ¿A de ser usted la próxima víctima? Que no se diga. Cuando en duda... ¡LLAME!, cuando en sospecha... ¡GRITE!, no importa lo que haga, pero *by god*, haga algo.

NO
CACHETE

No pasa por mi mente el recuerdo de un proyecto que haya sido más controversial en la ciudad de Búfalo que el dichoso Centro de Convenciones el cual, como ya sabrán, da la impresión de ser una cárcel sin rejas.

Cuando se planeó edificar el centro, dicho proyecto fue legalmente puesto en las manos de los residentes de dicha ciudad, puesto que los políticos no se podían poner de acuerdo. Unos decían que Búfalo volvería a renacer, que habría trabajo para cientos de ciudadanos, etc. Otros decían que Niagara Falls estaba perdiendo dinero anualmente (lo cual era muy cierto) y Búfalo no podía ni tenía dinero para tirar al "pelao". Los ciudadanos casi unánimemente votaron que no se edificara el centro. Pero... ¿Quiénes son los ciudadanos para decirle al político que hacer o no? Se juntaron con los politiqueros del condado y gústele o no, lo hicieron. Yo, que no vivo en la ciudad, tengo que pagar contribuciones al condado de las cuales, parte van a pagar por el Oso Negro. El día que se inauguró su apertura, tuvieron la fuerza de cara de atreverse cobrar $1.50 al que quisiera ver si lo de adentro era tan horroroso como lo de afuera, y los primeros conciertos, según tengo entendido, fueron puros fiascos... pero feo o no, grande o chiquito, hay que pagarlo, y por primera vez doy crédito al alcalde Griffin de Búfalo por haber puesto su pie en el suelo en lugar de otro lugar como suele hacerlo.

Resulta que un grupito de ciudadanos negros, tuvo la audacia de pedir que se les diera el centro de convenciones absolutamente de cachete, digo, de gratis, para ellos celebrar el cumpleaños de Martín Luther King, Jr. El alcalde, inteligentemente (ya era tiempo) les dijo a los negritos que el centro no puede tener ganancia financiera si se les va a dar gratis a todo el que quiere celebrar algo. Esto no les cayó muy

bien a los obscuros, pero el alcalde tiene mucha razón en su decisión. Ya está bueno de cachete, especialmente para esa raza que lo quieren todo, y lo de ellos es de ellos y no lo comparten (en muchas ocasiones) ni con ellos mismos. Como decía mi compai... "Paga pa´ que te acredites".

NO VER, NO OIR Y CALLAR...

Esta parece ser la mejor póliza de todo ciudadano.

Después de unas pequeñas vacaciones en el candente sol de Acapulco, México, regresé a mi friolento Búfalo a tiempo para ver la temperatura bajar a 50° el primer día de verano. Esto, por supuesto no me sorprendió. Lo que sí me sorprendió, fue leer un artículo en un periódico local, el cual describe los sufrimientos y agonías a que está siendo sometido el señor Michael J. Bayliss. Este señor, si no recuerdan, era el ingeniero que trabajaba para la Hooker Co. de Niagara Falls, y expuso dicha compañía por las violaciones que ésta estaba cometiendo con sus químicas a la salud de sus trabajadores y los residentes del "Love Canal". En lugar de recompensa, perdió su trabajo, lo dejó la mujer, le quitaron el hijo, le robaron el cacharro que tenía, y ahora tiene que vérselas en corte con un promedio de 17 violaciones de tránsito, armas y quién sabe qué más. En Rusia, cuando alguien habla contra el gobierno, lo primero que dicen es que está loco y lo encierran en un manicomio, en el cual, si no lo está, de allí sale "arrematao". El señor Bayliss ya ha sido acusado de no tener todos los tornillos apretados.

Lo que me hizo seleccionar este tema para esta columna, no lo es, o fue solamente el caso del señor Bayliss; otro caso similar lo fue el famoso e inolvidable *Watergate*. Los "plomeros de Richard Milhouse Nixon" (¿se acuerdan de él?), fueron descubiertos dentro del edificio "Watergate" por un policía de seguridad allí empleado. Dicho policía, cuyo nombre no recuerdo, no fue objeto de honor y reconocimiento por su fidelidad a su trabajo y por haber ayudado a descubrir algo siniestro que solo Dios sabe las consecuencias que hubiese traído al país y sus ciudadanos... lo que dicho policía recibió, fue que perdió su trabajo (quien sabe bajo que pretexto) y luego no conseguía trabajo ni de "dog-catcher". Los plomeros y sus secuaces se han hecho millonarios escribiendo libros echándose la culpa uno al otro, pero el honesto policía, solo Dios sabe dónde andará.

"Usted como ciudadano tiene la obligación de envolverse en los asuntos que en su comunidad suceden" Así dicen por ahí, pero si usted se envuelve, como en los dos casos arriba mencionados, tiene el riesgo de que le salga el tiro por la culata y en lugar de héroe, salga como un chota y ya saben lo que dicen del chota... y si no sabe, pregunte.

NO TE OLVIDES DE CHEQUEAR EL ACEITE

Cada fin de año nos preparamos para celebrar una cosa y dar la bienvenida a otra. Por lo general, despedimos el año con fiestas y jaranas que nos dejan con ratón de muerto. En otras palabras... no bien se nos quita un "hang-over" cuando damos comienzo al otro. Esto se conoce mundialmente como la "Navidad".

Al dar la bienvenida al nuevo año, solemos celebrar también y desear nos traiga algo bueno. Si hay guerra, que se acabe, si hay enfermedad, que se cure y así por el estilo. Pero pronto... muy pronto, los cambios y la ciencia nos darán mucho que pensar en cuanto a nuestro cuerpo humano. La ciencia médica ha avanzado tanto en los últimos años, que nuestro cuerpo, en un futuro no muy lejano, será como una máquina o un carro. Habrá garajes para que podamos "chequear" nuestro cuerpo cada 2 años o dos mil millas, el que llegue primero, porque nuestro cuerpo estará compuesto de piezas usadas o artificiales. Tenemos reguladores para el corazón (pacemakers), tenemos coyunturas plásticas, caderas plásticas, piezas de hierro o acero para las piernas y los brazos y, en fin, órganos artificiales que hacen el trabajo de los originales. En otras palabras... estamos casi bubónicos, digo, biónicos. En el futuro, los hospitales serán cosas del pasado. Habrá, como dije antes, garajes para uno ver si está en necesidad de un "tune-up".

"¿En que le puedo servir?" le preguntan a uno al entrar a uno de estos garajes. "¡Me duelen un poco las rodillas!" dice el "paciente-custumer". "¡Súbase al rack para chequearle el engranaje!". Después de anotar y chequear y chequear y anotar, el "mecani-docto" le dice... "Usted necesita una buena engrasada, pero eso no lo garantizo como cura para su dolor.

Sería mejor cambiar todo el sistema de uniones, ejes y demás partes movibles". "¿Usted cree que necesito todo ese trabajo por un simple dolorcito en las rodillas?" Pregunta el pobre hombre ya medio paliducho. "¿A usted le gusta jugar beisbol?" "si" "pues si quiere llegar a primera habiendo conectado un doble, vale más que haga el cambio... ahora". "Está bien, ¡lo haré!" Dice el hombre con ganas de llorar. "Vaya al frente y haga un "appointment" con mi secretaria y si no es molestia, le dice que venga acá atrás para medirle el aceite... de la clavícula, por supuesto".

NOSOTROS... EL JURADO...

El año pasado, en junio 25, un joven de 18 años perdió su vida trágicamente en la ciudad de Búfalo como consecuencia de una golpiza propinada frente a su hogar por un grupo de hombres, de los cuales varios resultaron ser policías.

La muerte a puños y patadas de este joven causó gran furor en casi toda la nación. Quizá no tanto por la golpiza, sino por el hecho de que agentes de la policía, a quienes se les paga para enforzar la ley, fueron cómplices en tan brutal acto.

Hoy día 18 de abril de 1978, la suerte de los acusados comenzará a ser estudiada por el jurado que escuchó todos los testamentos tanto de la defensa, como de la prosecución. La pregunta del día es: ¿Habrá justicia en el veredicto?... si es que hay un veredicto… Para la respuesta tendremos que esperar un tiempito porque por lo visto, el jurado no ha de tener ningún caso fácil en sus manos. Las razones son varias... por ejemplo, de los siete acusados, solamente tres confesaron abiertamente en corte, que ellos participaron en el asalto contra la persona de la víctima, Richard Y. Long. Estos tres acusados no tan solo confesaron, sino que también dijeron que los otros cuatro acusados no tomaron parte en el asalto, aunque más de treinta testigos dicen diferente. Ellos (los tres acusados) dijeron que, aunque sí le dieron puños, patadas y pescosadas a la víctima, (esto tiene que oírse para creerse) ... "no lo hicieron con la intención de golpearlo y mucho menos de causarle la muerte..." ¿Se acuerdan la última vez que alguien le dio un botellazo en la cabeza?... pues, no lo hizo con intención de herirlo. Oiga... la verdad del caso es que hay personas que los tienen en su sitio, pero un testamento de tal índole manda cooperación. Entonces... tal como iba diciendo, el jurado saldrá hoy a deliberar. ¿Cuál será su veredicto?... nadie lo sabe aún, pero deliberar sí van a tener que, puesto que ellos (el jurado) tendrán que analizar cada caso INDIVIDUALMENTE con (6) decisiones a considerar en cada uno. Haciendo figuras ligeras con mis 21 dedos, llego a la conclusión de que hay 42 decisiones volando bajo en este caso. Entre las decisiones a hacer el jurado, incluyen... homicidio casual (man's laughter) en primer y segundo grado, asalto en segundo grado, asalto en tercer grado y negligencia criminal. Estos, más la posibilidad de sacarlos absueltos, son las decisiones que el jurado tiene en sus manos. (Bah!... nothing to it...)

La evidencia y el caso han sido, en mi estimación, presentados debidamente. Sea cual sea el veredicto, habrá disensión en la comunidad... de esto estoy seguro... pero lo único que pido es que... "traigan un veredicto" ... no nada de eso de que: "Your honor, we find ourself unable to reach a veredict" porque esto lo encontraría ser una bofetada en el estómago, una patada en la cara y "a whole lot of B.S."

OTRA HISTORIA DEL WEST SIDE...

"Las opiniones expresadas en esta casa por el esposo, no son necesariamente las expresadas por la jefa" ... Así dice un pequeño cuadrito en mi cocina, el cual, demás está decir, lo compró la jefa misma. Del mismo modo, las opiniones expresadas en esta columna no son necesariamente las del periódico ni de la comunidad en sí, pero opinar sí tengo que, aunque Raúl no me pague otra cervecita.

Recientemente leí en un periódico local que el alcalde de la ciudad de Búfalo, H. James Griffin (¿lo conocen?) y el comisionado de policía, James Cunningham, se reunieron con un grupo de personajes de la comunidad residentes en la parte baja del Oeste de la ciudad para discutir planes sobre un satélite policiaco en esa área. La idea, aunque no sobresaliente en el respecto de que nadie se desmayó, fue aclamada por unos y refunfuñada por otros. Se le pidió al alcalde que resuelva los problemas personales y las necesidades antes de querer establecer satélites ni ocho cuartos. Con esta actitud los allí presente demostraron una responsabilidad comendable porque no están interesados en migajas y sí en progreso constructivo. El West Side, como lo conocemos, es un punto donde nuestros hermanos hispanos se han conglomerado y han hecho de esta área un "barrio hispano" ... Que no sea el mejor lugar del mundo donde vivir, no lo dudo... que no sea el mejor lugar para caminar de noche, tampoco lo dudo, aunque no creo que existan muchos lugares donde se pueda caminar de noche... solo o acompañado... pero eso no tiene importancia, lo que sí tiene importancia, en mi concepto, es que recuerdo en 1976 cuando fui al carnaval puertorriqueño en la Virginia que Steve Santiago y otros caballeros, se unieron en masa para crear lo que yo consideré una fuerza de policía local... nadie tenía uniforme, solo el deseo de ver que nadie se saliera fuera de las normas del comportamiento... Los men in blue no fueron aceptados porque tal como me dijo un paisano... "crean problemas donde ninguno existe". Yo considero esta acción como un acto de responsabilidad y de orgullo para la comunidad hispana del West Side y lo único que tengo que preguntar es ... "¿Por qué tiene que ser tan solo en el día de carnaval? ¿Por qué no cuidar nuestra comunidad y a los nuestros en toda ocasión?" Para mí los dichosos satélites estos que Griffin y Cunningham están poniendo por todos los sitios que ellos consideran "problemáticos" (what?) es un indicio de que el crimen y el desorden no tienen día de descanso... ¿Es nuestra comunidad del West Side de tal índole? Lo dudo y lo requetedudo. Yo personalmente he estado yendo al West Side desde que Isaías González me cobraba el doble por un sencillo y nunca tuve problemas con nada ni con nadie... el que busca encuentra. La comunidad necesita la protección que dicta la ley, pero ¿satélites...? NAH!!

PONIENDO SAL EN LA HERIDA

El cuerpo policíaco de la nación en los ojos de algunos individuos vale menos que el Imparcial. Esta opinión tan baja se debe mayormente a que la policía se ha dado a malquerer con sus actos de violencia, los cuales, en la mayoría de los casos, se consideran innecesarios. Por ejemplo, la fuerza bruta que se empleó en Chicago durante la Convención Demócrata por la policía local para disolver grupos de demostraciones dio paso a que se les acuse de brutalidad por cualquier acto cometido en el transcurso de su deber policíaco.

Tal es el odio o mala voluntad que se le tiene a los de azul, que ahora todo es por número. Los arrestados por incitar a causar tumultos fueron mejor conocidos como "The Chicago Six" no tan solo en Chicago, sino en la nación entera. De ahí, que luego surgieron de Búfalo los "Búfalo Five", de Birmiham, Alabama, los famosos "Alabama Ten" y así sucesivamente.

Aquí en Búfalo también, la muerte del joven Long, causada por un grupo de maleantes entre los cuales se encontraban tres miembros de la policía, dio paso a una desmoralización por la falta de respeto del público, pero habiendo sido dos de los policías sentenciados a cuatro años de prisión por asesinato involuntario, el público quedó un "chi-chi" conforme. Pero como por magia, cuando se está aliviando la cosa, aparece una nueva decisión de la Corte Suprema, la cual, en mi opinión, tiende a abrir de nuevo la herida cuando ésta ya se está cerrando.

Recientemente, la dichosa Corte Suprema, rindió su decisión con respecto al derecho de un policía en la ciudad de Filadelfia, de rebuscar o registrar un individuo, aunque dicho individuo haya sido detenido por una simple infracción automovilística, porque, según la Corte, muchos policías han sido asesinados al detener un automóvil y acercarse éste (el policía) a dicho auto. Que sí han sucedido un sinnúmero de casos, ni hablar, pero lo que la Corte ha dado a entender en su decisión, creo yo, es que... "vale más someter un ciudadano a la vergüenza de ser registrado en público, que poner al policía en una situación peligrosa...". Esta decisión me recuerda a aquellos "guapos" que comienzan una pelea, y luego se escabullan por la puerta de atrás y dejan a medio mundo peleando entre sí.

La decisión fue tan ardientemente recibida en Búfalo, que por poco queman el sistema de comunicaciones (teletype) instruyendo a la policía que ellos podían (pueden) ordenar a cualquier individuo fuera de su automóvil y registrarlos en público "SI ASI DESEAN HACERLO" ... no porque tengan duda de que el individuo es un criminal o porta armas, no, lo pueden hacer porque la Corte Suprema dijo que lo pueden hacer si les da la dichosa gana y al que no le guste que no se lo coma. Afortunadamente, no he leído ni oído de casos que se hayan perpetrado aun aquí en Búfalo. Aparentemente, los agentes en azul tienen más sentido común que el que estaba quemando el "teletype" con sus instrucciones idióticas.

No cabe duda de que, en algún lugar, en cualquier momento, un pobre diablo se ha de pasar una luz roja o cualquier otra infracción y al ser detenido por un "vaquero" que, en su afán de enseñar su autoridad, le haga salir de su auto, poner las manos sobre el bonete, echar los pies hacia atrás (esparcidos lo más posible) y que en su arrogancia y fanfarronería le diga... "Te registro porque me da la gana porque así lo dispuso la Corte Suprema... y si te mueves, te come un caballo..." y ese ciudadano de ahí en adelante, tendrá tanto respeto para la ley

en sí, como los blancos en África del Sur le tienen al derecho de los negros allí residentes... Que Dios Nos Proteja.

POR UN PELITO

Después de tanto debatir, regatear, brincar y saltar, la ciudad de Búfalo aún no sabe de dónde ni como ha de conseguir los 34 millones de dólares que necesita para balancear su presupuesto para el año fiscal de 1979. No gracias a ciertos individuos como el líder de la mayoría en el Concilio, George K. Arthur y otros, el dichoso "tax" que soñaba imponer a los trabajadores en la ciudad no se logró. Como dije antes en otra columna. El alcalde Griffin juró que no aprobaría tal barbaridad. Es menester recordar que Búfalo y todo el lado Oeste de Nueva York es (son) áreas que en lugar de atraer negocios los corren con sus ineficiencias y política barata y luego empiezan a regatear para descubrir quién tiene la culpa.

Dos años atrás, una empresa que deseaba establecerse en Búfalo decidió ir a emplear sus 14 millones en Toledo, Ohio, porque aquí todo el mundo tenía la mano abierta. En otras palabras, si querían establecerse aquí, tenían que pagar por encima y por debajo de la mesa. Los empresarios, por supuesto, le dijeron... "lávense las manos con lejía". El dichoso "Dome Stadium" no se llevó a cabo por la misma razón... la mano abierta. Nadie, pero nadie, se va a establecer en un lugar como Búfalo donde no tan solo tienen que pagar los "taxes" más altos de la nación, sino que para tener el "honor" de pagar dichos "taxes" también tiene que pagar mordida a los abogaditos que se meten a "políticos" (no me hagan reir) porque si abren oficinas se mueren de mal nutrición. Es menester también recordar hasta dónde llega la hipocresía de estos rateros. Cuando el gobierno federal intentó mover la oficina de H.U.D. (Housing Urban Development) de Búfalo a Nueva York (Ciudad), los gritos se escucharon de aquí a Washington... "No me lo lleven", decían unos, "Es preciso que se quede aquí esa oficina si es que hemos de progresar en el departamento de viviendas" ... decían otros. En ese momento no les importaba quién trabajaba en dicha oficina y mucho menos donde vivían... en la ciudad o en suburbio. Lo importante era que dicha oficina permaneciera en Búfalo y no en la ciudad de N.Y. Por fin el gobierno accedió y H.U.D. se quedó en Búfalo... pero a la hora de ponerse los huevos a peseta, Arturito y Ramoncito (Geo. Arthur y Ray Galagher) lo único en que podían pensar, era en imponer un "tax" a los que trabajaban en la ciudad y muy especialmente a los que trabajan allí, pero residen fuera de ella. La oficina de H.U.D. cuenta con más de 200 empleados y el 60% viven fuera de la ciudad.

Gracias a Dios que dicho "tax" no se aprobó y no estaría de más recordar, en las próximas elecciones, los que nos querían chi...huahua.

POR ADELANTADO

Una de las cosas más desagradables de la vida, indudablemente, lo es que nos olviden bien sea en nuestro cumpleaños, una invitación o una tarjetita de navidad. Cuando esto sucede, nos sentimos con los ánimos más bajos que la temperatura en Alaska. Pero cuando se nos adelantan en algo también nos hacen sentir mal. Recientemente me llamó mi amigo Adolfo Yon y me dijo... "¡Gallardo, chico te llamé para saludarte y desearte una feliz Navidad y un próspero Año Nuevo!" "Muchas gracias, Yon" ... le contesté alegremente. "¡igualmente te deseo yo a ti!" "Mira Gallardo, también quiero ver si me haces un favor... Tu siempre me regalas algo en mi cumpleaños, y como voy para Califa, quería ver si me lo puedes dar ahora porque en mi cumpleaños, no estaré aquí." "Pero Yon, tu cumpleaños es hasta fines de enero" "sí lo sé" me contestó, "pero como ahora todo se hace por adelantado yo no me quiero quedar atrás". "Explica, explica." "Pues como habrás leído en El Diario, en la isla tienen un conflicto sobre Santa Claus y los Reyes Magos. Unos los quieren juntos y otros los quieren separados, como debe ser. En otras palabras, quieren quitarnos lo nuestro y celebrar lo gringo... o, mejor dicho, celebrar por adelantado. Aquí en Búfalo, el alcalde quiere $60,000 aunque sea por adelantado para comprar una formaleta de mármol negro para poner una estatua del General Pulaski donada por Polonia y los que celebraron la selección de Miss Hispanic (en inglés, man) van a dar un baile para recaudar fondos para el año que viene. Si eso no es por adelantado, que venga Dios y lo vea. Ah, ¿y sabes qué? Algunos clubes, cuando un oficial o big shot tiene que ir a algún sitio para una fecha en la cual se celebra algo así como Navidad, Año Nuevo, etcétera, dan la fiesta bien por adelantado para que dicho oficialito pueda embarrar la rueda de pan con mantequilla por los dos lados. Y por eso es que como yo creo que hacer las cosas por adelantado está de moda, yo no me quedo atrás y ver si me das mi regalo de cumpleaños ahora y no en enero" "Oye Yon, yo creí que tú eras un poquito lento en pensar, pero veo que de lento no tienes nada. Sí es cierto que muchas cosas se están haciendo por adelantado, pero la verdadera razón no te la puedo decir ahora porque es una historia muy larga puesto que yo sé de la pata que cojean. Te mandaré tu regalo en unos días y recuerda que no siempre consta ser listo, ni ser listo siempre consta... Adiós".

POBRE DEL POBRE

Varias semanas atrás comenté en esta columna sobre la llamada crisis de petróleo que la revolución en Irán causó en este país. En dicho comentario mencioné el hecho que los Estados Unidos recibía en ese entonces 5% del petróleo que se consume aquí importado de Irán y no se veía razón que 5% tuviese tan gran impacto. La gente no lo creía, los periódicos no lo creían, nadie (con la excepción de los políticos) lo creía, pero el jueguito siguió y hoy en día lo tenemos metido hasta donde no da el sol.

Buscando solución a la dichosa crisis de gasolina en el país, el presidente Carter ha propuesto quitar la regulación de precios de las compañías petroleras. Esto, daría a dichas compañías mano libre para cobrar lo que se antoje y por supuesto, el pobre sería quien paga las consecuencias.

El gobierno, tanto federal como estatal, es culpable de ayudar, no a aliviar la crisis, sino de fomentarla, y después que crean sus propios problemas, sus bocas, no sus mentes, comienzan a trabajar "overtime" buscando soluciones.

Entre las dichosas soluciones que he leído o escuchado hasta el presente se encuentran dos que me han llamado mucho la atención no por su importancia, sino porque descubren la mentalidad de aquellos que elegimos a representarnos en el gobierno y lo menos que hacen es eso. Un senador (al momento no recuerdo de que estado) haciendo referencia a la crisis de gasolina que nos embarga, dijo que la mejor solución (?) lo es subir el precio a lo menos $2.50 el galón y así el pobre, quien según él es el que más usa gasolina, no puede comprarla ya que la mayoría de los desempleados en el país son pobres. Este barbaraso, según tengo entendido, es millonario.

El otro barbaraso lo es el estado de Nueva York y sus llamados líderes. Recientemente estos buitres aprobaron que los puestos de gasolina pueden vender el precioso líquido no por galón sino por medio galón. ¿Razon?... que las pompas no pueden registrar más de 9.99 y si ellos (los dueños de estaciones) deciden vender la gasolina a más de un dólar por galón lo pueden hacer enseñando el precio no de un galón sino de medio galón. En otras palabras, si desean venderlo a digamos, $1.10 el precio en la pompa diría 55₵ por medio galón.

Así que ya demás está decir que el gobierno y no las compañías solamente son los que nos quieren chupar la sangre.

Las revoluciones, según los incrédulos, solamente se llevan a cabo en países atrasados, salvajes... pero "brother" ... aquí hace falta algo... MAS PRONTO QUE PRONTITO.

PROXIMA ATRACCION: ¿PUBLICA SUBASTA?

Una de las preguntas que yo más me hice cuando el Legislador James Griffin anunció su candidatura para el puesto de alcalde de la ciudad de Búfalo fue: "¿Cómo puede este hombre dejar un trabajo tan lucrativo en Albany para ser el alcalde de una ciudad tan atrasada como lo es Búfalo? La respuesta no vino de repente ni fácilmente tampoco. "Será por el prestigio" ... decían unos, Pero en las últimas semanas he podido presenciar un cambio en este caballero que en mis módicas opiniones dota de una cosa... "hambre de poder".

Recientemente este caballero (Griffin) tuvo la audacia de querer reflejar su peso de alcalde con la Junta de Educación. Recomendó pólizas para el funcionamiento de dicha junta la cual obligó a su superintendente, Mr. Eugene Revelle, a decirle que él no tiene derecho de dictar pólizas ni cosa que se le parezca. (El tema del día era: Mind your own business).

Ahora surge un nuevo (?) problemita con Griffinito, porque él tiene una cosita personal con el presidente Democrático del condado, Joseph F. Crangle, que ha venido sirviendo de presidente por los últimos 15 años, y de todas maneras lo quiere sacar de dicho puesto. En el pasado, se decía que Crangle era quién corría o manipulaba el City Hall. Ahora Griffin quiere voltear la torta y ser él, quien manipule al presidente que manipula la facción demócrata del condado. (Esto hay que leerlo despacio para entenderlo). Para llevar a cabo su empresa, el señor Griffin ha venido reclutando candidatos para que corran contra el señor Crangle. Pero como eso no es suficiente puesto que los comisionados (committeemen) son los que eligen al presidente, ahora el señor Griffin quiere poner a sus "poop-boys" en dicho puesto para que elijan a su candidato escogido.

Entonces aparece Arthur Eve y Arthur George (or is it the other way?) y ellos también quieren escoger sus committeemen que han de votar en la selección del presidente, aunque tal como dicen... "no hemos decidido a quien respaldar...". Da otra vuelta la rueda de la fortuna y aparece Chito Olivencia, presidente del "Task Force" Hispánico, quien también quiere reclutar 80 o 90 personas para que corran en el puesto de committeemen para los hispanos también tener fuerza en la selección del presidente Democrático del Condado de Erie. Al igual que los Arthurcitos, Chito tampoco hace reclamo de a quién ha de respaldar si consigue los suficientes votos. ¿Es que estos caballeros piensan tener una subasta pública de votos a mano? ¿Es que piensan ofrecerlos al mejor postor?

Si así lo piensan hacer, no veo la posibilidad de que el hombre nominado y seleccionado por el alcalde Griffin pueda perder. El alcalde está en una posición de ofrecer. ¿No está ahora mismo creando trabajos que pagan salarios extravagantes y a la ves diciendo que la ciudad está en el borde de bancarrota? El señor Crangle, creo yo, no tiene estas ventajas. Pero sí tiene la posición de poder poner coto a cualquier ideíta de dictadura que el señor Griffin esté empollando. Que los Arthuritos quieran tener algo que decir en la selección del presidente... está chévere, que Chito quiera tener algo que presentar a nombre propio o de los hispanos en genera... más que chévere; pero que tengan intenciones de vender los committeemen como reos en pública subasta... no lo veo, y si lo veo, no lo creo.

PUDE... DEBI... PERO NO PENSE

Cuando en el mes de junio el calendario nos indica que en tal fecha del mes dará comienzo el verano, aunque aún se sienta un poquito de frío, sabemos que los días cálidos y los tan esperados días campestres están a la vuelta de la esquina. Igualmente, cuando dicho calendario nos indica que el Día del Trabajo (Labor Day) caerá en tal o cual día, dos eventos nos vienen a la mente... El fin del verano y el principio del año escolar. La combinación de ambos, en muchos casos, trae por consiguiente un problema el cual presentaré aquí en forma de ejemplo usando un tipo imaginario, por supuesto, puesto que aquí es un pecado mortal el usar nombres propios.

Pedro Pérez Pagán (nombre ficticio) de 17 años de edad y estudiante de escuela superior decidió buscar trabajo durante los meses de verano para tener lanita con que salir a pasear un buen tiempo de vez en cuando. No tan solo tuvo Pedrito la suerte de encontrar trabajo, sino, que como ahora tenía pesitos encontró también amigos y amiguitas a granel. "Esto está bien chévere" ... decía Pedro impresionado. "Esto es vivir". Lentamente el verano estaba llegando a su final, pero a Pedro no le importaba; él estaba ganando pesos y tenía amigos como nunca los tuvo. "Pedro" le dijo un día su Papá, "¿no crees que ya es hora de que empieces a preparar tus cosas para la escuela y dejes ese trabajito?" "Yo no tengo que preparar nada porque no pienso regresar a la escuela" le contestó el demente... "Say wat? Digo, ¿qué dices? ¿estás loco?", "no, no estoy loco Papá, pero me estoy ganando setenta y cinco pesos semanales en mi trabajo y no voy a dejarlo para regresar a la escuela donde no gano nada." "Mira, condenao, la educación es la madre de tu futuro" le gritó el pobre viejo casi tragándose el Winston que tenía en la boca. "Mírame a mí como un buen ejemplo... ¿Qué tengo que enseñar por todos los años que he trabajado? Nada...

¿sabes por qué? Porque yo también creí que tener un trabajo era todo lo que contaba y la educación era perder el tiempo, y los que siguieron sus estudios hoy día trabajan en buenas oficinas al igual que yo, con la excepción de que mi trabajo consiste en limpiar después que ellos se van a sus buenas casas. ¿Es eso lo que tú quieres de la vida? ¿No tienes orgullo ni ambición?" "Si Papá, tengo de todo eso que tú dices, pero lo que no tengo son chavos y sin lana uno no vale nada ni es nadie... espero me comprendas" le contestó Pedro. "Pues allá tú" dijo su Papá sin más comentarios sobre el particular.

Pasaron los años y el pobre viejo estiró la pata y el intelectual de Pedrito fue a solicitar el trabajo que su Papá dejó, no por seguir la tradición, sino porque no podía hacer otra cosa sino de bedel o sea de "Janitor".

Nunca es tarde, dice el dicho, pero, aunque sí es tarde para algunos, otros lo hacen más tarde de la cuenta por adelantado como en el caso de Pedro, aunque ficticia, es un hecho verdadero y muy verídico en la vida de muchos jóvenes hoy día y tanto el que toma el papel de Pedro como sus padres que lo permiten son dignos de lástima... no en el futuro, sino ahora.

PADRES BOCHORNOSOS

En los buenos días cuando era yo estudiante en la universidad de Búfalo, tuve la dicha de conocer un joven chicano de Califa quien era uno de los organizadores del boicot contra las uvas de ese gran estado. Dicho boicot, si bien recuerdo, era para protestar los abusos perpetrados contra los trabajadores agrícolas por los dueños de viñas de uvas quienes se oponían a que dichos trabajadores fuesen organizados y representados por una unión de trabajadores. Mi amigo, el joven chicano, conoció una bella muchacha de Long Island, N.Y. (judía) e inmediatamente Cupido entró en acción. Juntitos fueron a la casa de sus padres (los de ella) y pidieron permiso para contraer nauseas... digo... nupcias... "Say what?" dijo el viejo... "Mire chiflado, usted se va a comer sus chiles verdes como de costumbre y me deja mi hija quieta...". "Pero ¡Papá!" ... gritó la muchacha... "¡yo lo amo, y me quiero casar con él!" "En ese caso", dijo el viejo, "¡tienes que decidir entre él o nosotros!" pasaron diez segundos, (a lo mejor ocho) y la muchacha les dijo a sus padres... "¡¡EL!!" Se fueron a California donde viven muy felices con sus hijos y en las Navidades siempre recibo una tarjetita de ellos y me recuerdan lo felices que están y lo mucho que aprecian nuestra amistad. ¿Fantasía?... ¡¡No, realidad!! Así debe ser.

Pero ... ¡¡wow!! En Manhattan, N.Y. recientemente, dos hermanas de nacionalidad china, cuyos padres vinieron de Taiwán a este país, tomaron la drástica decisión de suicidarse porque sus padres le prohibían que tuviesen relaciones amorosas con unos jóvenes que resultaron ser puertorriqueños. Betty Hwang, la mayor, de las hermanas, de 17 años, brincó del sexto piso del apartamento donde vivían y al hacerlo dijo... "¡Adiós Todo El Mundo!", Un pequeño momento después, su hermanita de trece años Jane, hizo lo mismo... y brincó hacia los brazos de la muerte que seis pisos abajo las esperaba. ¿Tienen estas muertes trágicas sentido común? ¿Es que somos los puertorros tan malos que es preferible la muerte a convivir con el o ellos? (¿Nosotros?) En ambos casos de los padres, en mi opinión, son culpables de los problemas de los hijos. En el primer caso, (del chicano), los padres judíos prefieren deshonrar la hija antes que dar su consentimiento a una unión Interracial. Los judíos, si bien recuerdan, fueron acusados en la Naciones Unidas de ser racistas y lo negaron... Pero el caso de Manhattan pregunto yo... "¿Quiénes son los trapos de chinos de Taiwán para venir a este país como refugiados y descaradamente discriminar contra los puertorriqueños que somos ciudadanos americanos gústele o no le guste a nadie?...

En todas las nacionalidades encontramos lo que cualificamos de buenos y malos... pero aparentemente, en el caso de los puertos somos malos simplemente por haber nacido puertos... shit!!! Pero si esa es la idea, todo el que así piense me puede empezar a besar donde no lo tenga que confesar, a menos que el padre Rodríguez lo ordene...

Estos llamados padres (no curas) son los que propagan el odio y el rencor en lugar de enseñar sus hijos a amar para que sean amados.

Yo al presente no contribuyo dinero al United Jewish Appeal... y de ahora en adelante, no quiero ver en mi casa nada, cuya etiqueta diga... "Made In Taiwan".

PLAY- BALL...

El martes 17 de abril por fin dio comienzo la temporada de beisbol AA en Búfalo. Digo por fin porque dicha temporada estaba supuesta a comenzar el sábado 14 pero el dichoso tiempo en esta parte de la nación no coopera ni en invierno ni en verano.

El juego inicial, televisado por el Cable-visión, fue, en mi opinión, monótono y dramático. Monótono en el sentido que en un juego AA uno espera ver un poco mas de acción en el cuadro, más, sin embargo, dicho juego fue un concurso de quién se ponchaba más. Lo dramático fue el cuadrangular conectado por un hispano para cerrar el partido, el cual fue extendido a extra-innings debido a la poca acción como dije antes. Pero lo bueno es que tenemos beisbol en Búfalo y si le damos el soporte que los oficiales desean recibir del público, puede que algún día tengamos algo superior a AA.

Con relación al mencionado soporte, existe un problema que actualmente está recibiendo toda la atención de los directores y oficiales de dicho club, especialmente de su presidente, Joseph Figliola. Dicho problema lo es el miedo que existe en la comunidad de ir al parque de pelota en el área donde se encuentra localizado. El parque se encuentra en el Distrito Masten y su concejal, David Collins, está en plena seguridad que se está haciendo todo lo posible y algo mas para que dicha área sea patrullada y protegida debidamente para que los fanáticos no tengan miedo de asistir a los juegos. En años pasados, cuando los Bills (football) jugaban en la roca (War Memo. Stad.) fueron muchos los incidentes de asaltos contra individuos y robos o daños causados a los automóviles de los fanáticos. Estos incidentes aún prevalecen en la mente de muchos ciudadanos y hasta que se les asegure que es completamente seguro y sin peligro alguno el atender dichos juegos, la concurrencia puede que permanezca minúscula.

El señor Figliola asegura que todo marcha bien y que además de los guardias de seguridad que se emplearán dentro y fuera del parque, también habrá un gran número de jóvenes vistiendo T-shirts que los identifican como asistentes de seguridad y los cuales reportarán cualquier acto sospechoso que ellos puedan observar. También se emplearán un número de minorías para trabajar en el parque y de esta manera recibir también el soporte de nuestras comunidades minoritarias.

ÉXITO... le deseamos a los BUFFALO BISONS y sus directores.

QUE SE REPITA

Recientemente en el Centro de Convenciones de Búfalo se celebró el festival étnico llamado "Ethnic Heritage Festival", por sus organizadores y demás está decir que el mismo fue un éxito.

Los organizadores reportaron que mas de 40,000 personas asistieron a dicho evento y por tal razón están trabajando para hacerlo un evento anual. Dicha idea es magnífica y deja por entendido que con una buena organización todo se puede hacer un suceso.

Una de las cosas que se aprenden en esos eventos lo es la increíble cantidad de diferentes culturas que forman la comunidad del Oeste del estado. Allí vimos europeos con sus vestimentas de los diferentes países, las cuales tras de ser originales, son hechas más atractivas por sus brillantes colores. Quizás un punto que muy pocas personas notaron, lo fue el hecho que los puestos de China Taiwán, dos países en conflicto por muchos años fueron puestos frente a frente; pero si existió algún rencor entre los representantes, allí no se vio; cosa muy comendable puesto que la política no tiene lugar en eventos culturales.

Tino Mejía, como siempre lo ha hecho, encontró tiempo de su "schedule" tan complicado para representar a su querido México. También el señor Francisco Rivera, presidente del Club Mexicano de Lackawanna, allí se encontraba representando a su país, no tan solo con artefactos nacionales, sino también con tortillas bien calientitas, las cuales se iban mas rápido que los taquitos de frijoles con su chilito (y ya me está dando hambre). Albert Cappas, presidente del Diario Latino, me invitó a una fría, la cual acepté rápidamente puesto que no lo cacheteo muy a menudo. En el puesto de los Ricans, me deleité con los famosos bacalaitos, y sin querer me pusieron a trabajar porque mientras esperaba mi orden, los que allí paraban por curiosidad o por el olor a manteca caliente, me preguntaban que qué era esto y de que estaba hecho, y yo, por supuesto, les explicaba y la mayoría compraban algo para probar y estoy seguro, les gustó lo que allí comieron.

Si se realiza que dicho evento se celebre anualmente, debemos formar un comité hispano que se encargue de colectar artefactos de nuestros países y cuya exclusiva obligación sea preparar los puestos y sus exhibiciones en una forma digna de nuestra inimitable cultura.

Gracias al comité organizador y gracias a todos los participantes por haber hecho un éxito de tan memorable evento... ¡¡QUE SE REPITA, QUE SE REPITA!!

1, 2 y 3... QUE PASO MAS CHEVERE

Recientemente en el Diario apareció un artículo en el cual el señor Miguel Rivera, Chairman del Comité Puertorriqueño-Chicano, (P.R.C.C.), hizo mención de que exigirá una investigación del gobierno (Estatal y Federal) con respecto a las organizaciones negras que insisten en usar la palabra "minorías" cuando buscan ayuda financiera de dichos gobiernos cuando en realidad son ellos (los negritos) quienes se benefician y los hispanos se quedan (como siempre) mirando pa´ donde se guisa.

Aunque admiro la buena voluntad del señor Rivera, por este medio le dejo saber que "¡esto no es nada nuevo!" ... Aproximadamente ocho o nueve Noche Buenas atrás, con sus 16 de septiembre por el lado, estando yo entonces en un programa radial aquí en la localidad, critiqué dichas tácticas. En ocasiones, fuimos a protestar PERSONALMENTE con el Juez Mattina, quien estaba representando al entonces gobernador del estado, Nelson Rockefeller, de dichas tácticas de los negros y muy especialmente de Gaiter (Chairman of BUILD) and Co. Pero nuestras críticas y lamentos borincanos cayeron en oídos invadidos por la cera. Los negros, que no son pen...sadores saben (por dichos actos de "a mi qué") que los hispanos, especialmente en Búfalo, están mas desunidos que la suela de los zapatos de Pancho el Aguzao, y por lo tanto no se preocupan mucho de que la comunidad hispana brinque y salte porque a la larga, el respaldo necesario no aparecerá. Esto lo saben los negros y lo saben los políticos... y como resultado tenemos la falta de respeto que la comunidad merece y debe recibir. Ya es hora de que si en verdad existen líderes (no peladillos que solo buscan para sí) que se levanten de sus pantalones brillosos (de tanto estar sentados) y demuestren su interés y responsabilidad para con aquellos que han puesto su fe en ellos y si no por eso, entonces que lo hagan por el respeto que le deben a sus familiares.

Un trabajito, un carro con cuatro (4) carburadores y una novia mas fea que la muerte no significan todo en la vida. Muchos de los nuestros, desafortunadamente, creen que sí.

Es mi deseo que el señor Rivera tenga un poquito mas de suerte y se encuentre al presente trabajando con un grupo de personas o individuos que tengan un poco más de “class and self-respect” y consiga no tan solo tan necesaria investigación de parte de los gobiernos, sino también, cambios en tan deplorable situación. GIVE’EM HELL MIKE!!!

REGALOS NAVIDEÑOS 1978

Créanlo o no, esto es lo que Santa Claus y los 3 Reyes Magos dejaron en la comunidad en su visita anual. Todos aquellos cuyos nombres no aparezcan en esta lista es porque: a) no recibieron nada; b) no son dignos de mención en esta columna.

Alberto O. Cappas--Pres. Diario Latino-- Unas vacaciones con pago en el Club Mexicano de Lacka.

Raúl González--Editor del Diario-- Una nueva versión del disco... "Me dicen Papá".

Miguel Rivera--Locutor en U.B.-- Un diccionario en español.

James Griffin-- alcalde de Búfalo-- Una estatua del dedo del medio de la mano derecha a nombre de la comunidad hispana de Búfalo.

Líderes de la Comunidad Hispana--(algunos)-- El otro dedo del medio (mano izquierda) de la comunidad hispana de Búfalo.

Comisionado de policía--Cunningham-- Un policía que proteja los ciudadanos en lugar de maltratarlos.

Mrs. Alfreda Slominski--Co. Comptroller-- (for now) Una invitación de los republicanos a participar en una expedición a "darkest Africa" antes o durante las próximas elecciones.

Sheriff Broun--Erie Co.-- Un agente o "deputy" que no sea barrigón.

Francisco Rivera--Pres. Mex. Club-- Nuevos "by-laws" y miembros con sentido común.

John Moffitt--Latin Journal-- Un helicóptero para repartir el Diario.

El Diario Latino--Latin journal-- Mas nombres para añadir a la lista de los que aparentemente trabajan (pero en nombre solamente).

Miss Hispanic '78--Miss Cedeño-- Un delicado abrazo y un fuerte beso (or is it the ather way around?) a nombre de todos nosotros en el Diario.

Juan Texidor...Ecos Borincanos-- Un par de buenos ayudantes.

Juan Figueroa--mi compadre-- Una nueva llave para la pluma de agua pública donde tomaba Fifí-la-?

El Trio Nó--Mex. Club-- La versión de "Silencio en la noche".

Lupe Gallardo-- (?) Un Gallardo Aventurero.

¿Y a mi que me trajo?... preguntarán ustedes... pues les diré que me trajo el mejor regalo del mundo ... ustedes, porque sin ustedes... ¿de quién o a quién voy a criticar? ¡¡BE GOOD!!

SEGUIMOS ATIEZADOS

Por fin pasaron las elecciones. Eve, el candidato Demócrata perdió y "what´s his name?" ganó. Lo que pasó, pasó y no se puede cambiar. Le deseo éxito al ganador y que mantenga la fe al perdedor. Por supuesto que ahora comienzan los comentarios sobre el porqué uno ganó y el otro perdió, y como yo no me quedo o no me quiero quedar atrás, tengo que poner mis dos centavos también.

Varias son las acusaciones hechas en cuanto a la verdadera razón por la cual Mr. Eve perdió las generales después de dramáticamente haber ganado las primarias. Entre la mas resonante es que la ciudad de Búfalo no está "preparada" para tener un alcalde de la raza negra. Quizás esto sea un poco radical pero no hay que dudarlo. Yo recuerdo que un "quarterback" negro que jugaba con los "Bills", Jim Harris, también hizo un comentario similar en la prensa cuando al preguntarle un reportero el porqué no le daban oportunidad de jugar mas a menudo el contestó que... "Búfalo no está listo para respaldar un quarterback negro...". Así que aparentemente esta ciudad no está preparada para muchas cosas. Pero volviendo al caso de Mr. Eve, es mi opinión que sí existe el racismo aun en Búfalo, también existe una terquedad mucho mas fuerte que su racismo. Este hecho lo comprueban los periódicos locales en las cartas dirigidas a sus editores por leyentes locales. Dichas cartas expresan el sentimiento del público y en muchos casos sirven para ayudar a cambiar de parecer o ayudar a hacer una decisión definitiva a todos aquellos cuyas mentes aun no pueden decidir cual rumbo tomar. Cuando Eve dijo durante su campaña que nadie era su jefe, (con referencia principalmente a Joseph Crangee, el "boss" Demócrata) el público le creyó y le respaldó. Cuando el aceptó, la duda de su sinceridad entró de nuevo al retrato.

Pero quizá un factor muy importante a su derrota (Eve´s) lo ha de ser el hecho de que muchas personas-- aquí es donde se puede observar bien la terquedad antes mencionada--sintieron enojo en lugar de orgullo al ver personajes de alto puesto gubernamental tales como Walter Mondale, el Vice-presidente de Estados Unidos y Mr. Carey, gobernador del estado de Nueva York, venir a hacer campaña para Mr. Eve Estos personajes han indirectamente creado recelo en la comunidad de Búfalo la cual cree que ninguna persona de "afuera" tiene derecho de venir a decirles por quién deben votar. Dicho enojo, por supuesto, es mal fundado porque ese ha sido y será parte de la política. Si algo tan insignificante es causa de cambiar su voto, entonces podemos ver claramente el porqué Búfalo está mas atrasado que el tren de la una.

SIGUEN LOS BARBARASOS '79

El señor Pahlavi, mejor conocido como el ex-shah de Irán, no comerá mas tacos mexicanos puesto que el gobierno de ese país acaba de anunciar que la visa de él no será renovada por la cuestión de la crisis y los rehenes en Irán. Si viene de Irán, ¿A dónde irá? ¡¡No contesten!!

La señora Lillian Carter, madre del presidente Carter, dijo en una reunión recientemente que si tuviera un millón de pesos los pagaría a alguien que le limpiara el pico al "troublemaker" de Irán, Ayatollah Khomeini. Hagamos colecta, ¿no?

Mi jefe, Alberto O. Cappas, fue nombrado por el alcalde de Búfalo, James D. Griffin, como miembro del "City Charter Revision Commission." El alcalde dijo que su objetivo de la comisión es que vean sus miembros como "hacer del gobierno de la ciudad, un gobierno mas efectivo y respondiente." "Give'em hell Albert!"

La concejal del Distrito Niagara, Elizabeth Sole, ha logrado que se instale una estación de policía satélite en el W. Side. Ella la quería en la Calle Connecticut, pero el comisionado de policía, James (¿otro James?) B. Cunningham, dijo que mejor la ponía en el medio del rio. Así que aceptaron y acordaron poner dicho satélite en el "West Side Civic Center" en la calle Ferry. Algo es algo dijo el diablo.

La primera nevada de la temporada aparentemente cogió a Búfalo con los calzones en los tobillos puesto que casi 24 horas después de pasar la tormenta, las avenidas principales tales como el "Skyway" "Father Baker Bridge" y "Fhurman Blvd" aún no habían abierto al tráfico. "Si quieres la vida gozar, ven a Búfalo que de la risa te vas a me...".

Dos tragedias nos han llegado en los últimos días del año en el mundo deportivo. Primeramente, el pugilista puertorriqueño, Willie Classen, natural de Santurce, surgió como una nueva víctima del cuadrilátero al ser noqueado por Wilfred Scypion en N.Y. Ahora resulta que su doctor en el ring, un tal

Izquierdo, no está competentemente autorizado a servir en tal puesto. El doctorcito éste fue el que dijo que Classen, después de recibir una paliza en manos de Scypion, aún estaba en condiciones de continuar la pelea. Como verán, el problema es que el Dr. Izquierdo es un asistente de "Pedriatics" (Pediatría) lo cual es un doctor de bebés. Tragedia sin sentido.

La segunda tragedia lo es la pérdida de cuatro dedos del antesalista (shortstop) de los gigantes de S. Francisco, Roger Metzger. Haciendo un cabinete en su casa en Texas, el serrucho eléctrico que usaba chocó con un nudo en la madera y el accidente ocurrió. Los doctores dicen que tiene el 50% de poder jugar, pero en las ligas mayores, por lo regular 90% no es suficiente y mucho menos lo puede ser 50%. Buena suerte le deseamos a tan valioso pelotero.

SOY COMO SOY... Y NO COMO TU QUIERAS

En ocasiones me he visto con el problema de no saber sobre que escribir en mi columna semanal del Diario Latino. Esta semana tengo varios tópicos que considero interesantes, pero he decidido darle prioridad al caso: Santos-Malinche.

Como ya habrán leído en el Diario, el señor Rodolfo Santos escribió una cartota al Diario en la cual expresaba su opinión con respecto a que los puertorriqueños y los negros han estado regateando entre sí en lugar de buscar unidos la solución a la desigualdad que existe al presente en la distribución de fondos para ambas razas de parte de los gobiernos. Él llama esto una batalla en la cual nadie gana --hoop-dee-do. Este comentario trajo por consecuencia que otro señor quien prefiere ser conocido como El Malinche, le contesté en otra columna y ahí da comienzo el tira y jala.

Las opiniones y sentimientos del señor Santos tienen que ser respetadas (aunque uno no esté de acuerdo con ellas) porque así lo dicta la ley del periodismo. Del mismo modo tienen que ser respetadas las opiniones del señor Malinche- ¿no? Pero en lo que no estoy de acuerdo (ley o no ley) es que la peleíta monga de estos dos caballeros no consta para hacer a nadie mas ni menos. Hago referencia a que el señor Malinche dice en su carta al Diario, que por medio del trabajo que compartió en un tiempo con el señor Santos, es de opinión que él (Santos) es: hipócrita, perjuicioso y hasta racista. (Allá ellos que se conocen) pero cuando el señor Malinche dice que "Los llamados puertorriqueños reciben mas ayuda Federal y de la ciudad de Búfalo y el Estado debido a gentes como él (Santos)" -- ahí fue cuando mi maquinilla empezó a temblar.

Mi diccionario me dice que la palabra o frase "So-Called" significa: "pretender, llamado" ... Man--There is no way in hell (esto lo digo en inglés para que me entienda mejor) that we are so-called Puerto Ricans" ... WE ARE PUERTORRICANS... wether New Yoricans, Fotoricans or plain Bull-shitricans, we don´t pretend to be what we are not.

El señor Malinche también hace mención de que algunos hermanos chicanos son abusados por gente de la comunidad hispana, por el simple hecho de que son "ilegales en el país". Al presente yo estoy desempleado y me gustaría un trabajito de investigador. Francamente, nunca he oído de ningún caso en el que un amigo de habla hispana haya sido abusado en la comunidad. Sí, confieso, que he sabido de cierto puesto en la nueva administración que le fue negado a una persona por ser él mexicano... Esto lo considero mas un acto de estupidez que de racismo, pero abusar de una persona, especialmente de un necesitado... Ese no es nuestro modo de vida... de eso estoy seguro.

Si en realidad existen personas en la comunidad que hacen tales sinvergüenzadas, debían de ser expuestos al público y si tienen posiciones públicas, con mas razón deberían ser expuestos.

El señor Malinche nos debe, por lo menos, esa cortesía ya que él escribió varias columnas en el Diario y nunca hizo mención de que tales actos se llevan a cabo en nuestra comunidad.

¡¡Que viva la raza!! ¡¡Que viva el amor!! ¡¡Y que me caiga un rayo si yo soy un So-Called Puerto Rican!! ¡¡AMEN!!

SITUACIÓN: ROJA

La política en el oeste de Nueva York sigue siendo un verdadero ejemplo de lo que la política no debe ser.

La ciudad de Búfalo está a punto de quebrar y los políticos en lugar de esmerarse por ayudarla, están aprovechando la oportunidad para su beneficio personal; y como siempre lo han hecho, el que sufre es el pobre trabajador.

El presupuesto que el alcalde Griffin ha presentado al Concilio es la novedad del momento. Cientos de trabajos serán eliminados incluyendo policías, bomberos y otros trabajadores que brindan servicios al público y que son verdaderamente necesitados. Escuelas serán cerradas, maestros serán enviados a hacer fila en la calle Franklin, y así sucesivamente. ¿Quién tiene la culpa de que tal crisis exista en Búfalo? ¿el alcalde? ¿el concilio? ¿Albany? La respuesta indudablemente lo es…

¡¡TODOS SON CULPABLES!! El señor alcalde entró como un león a su oficina y no pensó en el futuro. Solamente tenía en mente (creo yo) vengarse de los que no lo respaldaron en su(s) campaña(s) política(s). Hoy está solitario y vencido. No recibe el respaldo necesario ni aquí, ni el Albany. El concilio, no contentos con la actuación del alcalde, también ha optado por jugar el quítate tu pa' ponerme yo con el alcalde. Lo que él propone, ellos indisponen, y lo que ellos proponen, el alcalde les dice… "You got to be Kidding?" En el caso de Albany, ¡los encuentro culpables en el sentido que allí es donde están los centavos y los representantes de nuestros distritos también participan en el jueguito de pedir más, o menos, o no pedir ná!... dependiendo de quien ha de ser el beneficiario. Pero el público es el que se encuentra en esa peleíta monga y como ya sabemos… es el que sufre y paga las consecuencias.

Para aliviar la situación, varias ideas se han presentado, no al público, sino en público. El senador Raymond F. Galagher, D-Búfalo, propone que se imponga un "tax" especial a todos lo que trabajan en Búfalo y viven fuera de la ciudad. El alcalde, inteligentemente, dice que dicha idea apesta a "chivo matao a escobazo", y yo le digo "amen" al alcalde, y al senador le digo… "shame on you!!".

Debido al corte en el sistema escolar, ahora aparece el presidente de la Asociación de Maestros, un tal Pisa, y dice que va a comenzar una campaña para hacer un "re-called" del alcalde. O sea, tratar de quitarle su puesto (al alcalde) antes de terminar su termino en oficina. Eso es pegar debajo de la correa. El alcalde, estoy seguro, no duerme de noche pensando en sus problemas… algunos creados por él, otros heredados, pero no importa cómo sean, él merece el respaldo de todos, no importa afiliación política o si se dieron cuatro "gajnataj" la semana pasada. Pisa, está pisando blandito… y Raymond, me da vergüenza que sea mi tocayo y hable así. ¡¡AHÍ VEREMOS!!

SUCESOS Y MÁS SUCESOS

A diario vemos o leemos sobre sucesos que son tan increíbles que nos dejan fríos.

En los últimos días me deleitaron con las elecciones, me asustaron con la noticia sobre temblores de tierra en Puerto Rico y la República Dominicana, los precios exorbitantes de un club en la ciudad de Lackawanna y para acabar de arrematar, la crisis de los pobres empleados de la embajada en Irán que están siendo detenidos como rehenes por los llamados estudiantes de ese país que quieren que el ex-Shah que se encuentra en N.Y. recibiendo tratamiento contra su condición cancerosa, sea regresado a ser juzgado por crímenes cometidos contra el pueblo durante su "shah-ería". Algunos de esos eventos son suficientes para mandar a uno a buscar refugio detrás del Black Velvet.

Pero no todos los sucesos que he visto o leído son de índole triste… algunos son tan increíbles que más bien parecen cómicos. A ver si están de acuerdo.

Por más de 15 semanas se ha estado llevando a cabo el juicio del millonario Cullen Davis en Forth Worth, Texas, por solicitar el asesinato de su esposa que desea divorciarse y recibir unos milloncitos a cambio. Pero lo cómico del caso son los acontecimientos relacionados con el mismo. Primeramente, el juez que preside en el caso se cayó de un caballo y se fracturó la clavícula y dos costillas. Otro miembro, también del jurado fue y en una caída también se rompió una pata… ya van dos ¿verdad? Bueno… otro miembro del jurado (esto no es mentira) parece que dijo… "yo no me quedo atrás" y también recibió una fractura, pero en un brazo. Todo esto en un juicio. Si siguen así, este será el único juicio en la historia donde el acusado fue el único no perjudicado… Pero dicen que en Texas todo es GRANDE.

Otro suceso extraño sucedió en Detroit, Mich. Donde Midway Airlines inició un vuelo entre Detroit y Chicago, y otro entre Detroit y Kansas City, y para su promoción cobraron el increíble precio de 28¢ en lugar de $28.00. tengo entendido que estaba el tira y jala, pisotones, jalones de pelo y mentadas de familia que llovían. Cuando dijeron "All Aboard" les salió el tiro por la culata. ¡¡VAYA!!

TALL, DARK AND STUPID?

Si la historia no miente en el sentido que innumerables hombres ilustres eran de estatura pequeña, entonces, pregunto yo… ¿Por qué para el gringo el no ser alto, grande, pesado y estudiante del arte de matar (Marines) hace al resto de los hombres menos?

Cuando nos dan las estadísticas de un atleta, nos dicen lo que mide y lo que pesa. Cuando nos dan las estadísticas de un político, nos dicen lo alto que es. Estas estadísticas han influenciado en tal forma la mente de los idiotas que solo piensan en peso y estatura que han hecho de ellos un caso mental.

Frank Sinatra es un "shorty" y aunque es millonario varias veces, no puede comprar estatura; pero para llamar la atención, se pasaba dándole puños a todos los reporteros que no dieran buena crítica de sus actuaciones. "Frankie da otro puño" decían los "headlines" de algunos periódicos… "Frankie acusado de tener conexiones con la mafia" decían otros… ¿Cuál era la idea? La idea era que Mr. Sinatra es un hombre que se avergüenza de su estatura en un país donde estatura es el todo. ¿Que es un tremendo cantante? Seguro, pero sigue siendo "shorty". Pero con el tiempo y la vejez, los incrédulos recapacitan y ven que aquello de ser grande es tan solo una ilusión, un deseo imposible. Frank Sinatra ya recapacitó.

Ahora tenemos otro cómico en nuestro patio que se dedica a dar puños en las barras y formar broncas en el parque. Ya saben a quien me refiero, ¿Verdad? Al adolescente, al incomparable, al 5' 8" que desearía mejor medir 6' que ser un buen dirigente; si dijeron Alberto Cappas, Juan Texidor o Pucho Olivencia, se equivocaron por un millón de millas, pero si pensaron en el dinámico de los Atléticos de Oakland, Billy Martin, entonces le pegaron al clavo en el mismo seso.

Cuando don Billy era segunda base de los Yankees de N.Y., en ocasiones era vacilado por sus compañeros, no por su forma de jugar, porque era un segunda base tremendo, pero si por su estatura. "¡Algún día seré grande!" parece que dijo Billy. Hoy Billy es grande, no en estatura, pero si en "bullishness", Billy es grande en abuso, Billy es grande en el mal gusto que su nombre le da al deporte de béisbol… Si, Billy es muy grande pero su grandeza no merece ningún crédito. Billy es solamente grande entre los retardados que creen que ser "heavy weight" significa todo. Su reciente suspensión por el abuso cometido contra un árbitro en Toronto denota su mentalidad, y tal mentalidad no debe tener lugar en las grandes ligas. Los árbitros están en contra de la "increíble" liviana multa y suspensión impuesta al payaso éste por la liga… y no los culpo. Billy o Bully, o como se llame este idiota, no tiene lugar entre profesionales que desean hacer su nombre reconocido por su habilidad atlética y no por su debilidad mental causada por unas pulgaditas de estatura negada por Dios o por su herencia parental.

TALENTO VS. TEMERIDAD

En el Diario Latino (Latin Journal) por las últimas semanas nos han venido informando sobre la alarmante forma en que los hispanos de esta área se están marchando de aquí.

Rosalie Roman, buena trabajadora, Rafael Pérez, mi compadre y excelente líder en la comunidad hispana (cuando uso la palabra comunidad, sé de lo que estoy haciendo referencia), Eric Pérez, otro buen conocido nombre en la comunidad hispana del condado y últimamente mi buen editor y amigo Raúl González, son algunos de los nombres de nuestros amigos y líderes sin liderato que se han marchado o están por marcharse de estos lares. Esto verdaderamente da pena. Las razones dadas para tan inoportuna pérdida de nuestros amigos son varias y variadas. Raúl González dice que los llamados líderes de la llamada comunidad hispana son los responsables de que dicha comunidad esté jo…jota. En cuanto a la política, dice González, "la comunidad tiene mucho que aprender…", palabras más ciertas no se han publicado en mucho tiempo. Pero con el permiso del señor González, voy a tomarme la copa, digo, la osadía de añadir algo al comentario del señor este.

El atrasamiento de la comunidad hispana tiene sus raíces en las ideas anticuadas de muchos miembros de ésta que aún viven en los 40's. Estos caballeros aún mantienen vivos sus ideales de aquellos años. No respetan o no le tienen confianza a la juventud y creen que si no lo hacen ellos (los viejitos) no queda bien o no se puede hacer.

Ejemplos vivos de esta crítica lo son los clubes españoles y mexicanos de la ciudad de Lackawanna. El Club Español PREFIRIÓ irse al fondo, hundirse, ahogarse antes que dar su brazo a torcer y permitir que sus miembros jóvenes tomaran las riendas y cambiaran algunas o todas sus anticuadas leyes que optaron por poner al principio de su formación. Resultado: Los jóvenes se pintaron y la organización se fue, se fue y se los comió un caballo. Mis buenos amigos del Club Mexicano, también van por el mismo camino puesto que cada vez que un joven quiere cambiar algo, los viejitos les recuerdan que fueron ellos (los viejitos), los que organizaron la sociedad, los que se sacrificaron en esto y aquello, y "¡nadie tiene derecho a venir a cambiar o romper lo que nosotros hicimos!". Esto no es liderato, esto es temeridad… y mientras continúen siendo de esta forma, nunca tendremos nuevo liderato, seguiremos siendo lo que somos, NADA, y por tal razón, al que se va, no lo culpo y al que se queda, pido a Dios Todopoderoso que los proteja, porque protección necesitan… ¡¡AMEN!!

TODOS LOS DIAS... SE TIRA UNA A LA CALLE

Había una vez un muchacho que estaba más peláo que la rodilla de un cabro, y sintiéndose afligido por su pelambrera decidió hacer algo... "pero ¿qué?" se preguntaba. De momento pasó frente a él un señor con una cabra la cual sin sentir vergüenza alguna comenzó, mientras caminaba lentamente junto a su amo, a descargar en la calle el exceso que llevaba en su estómago en forma de bolitas... el muchacho pensó que allí en aquellas humeantes bolitas estaba su felicidad o sean sus chavos. Las levantó, las envolvió en papel suave y comenzó a pregonarlas como "bolitas para hacerse listo" ... un americano que por allí pasaba, le compró una por 25₡ (cheap) y al echársela a la boca protestó que sabía a "you know what" ... a lo que el muchacho le respondió... "Ves, ya te estas poniendo listo...".

Este pequeño cuento viene por consiguiente porque ayer en la tele pude observar algo que yo creía que solo existía en los cuentos o chistes. ¿Recuerdan el año pasado que algún listo (como el muchacho del cuento) le dio la idea de vender piedras como un "pet" o mimado? Pues les diré que vendió suficientes rocas para llenar una cantera. De nuevo ahora ha salido otro nuevo producto. Este es el que les dije arribita que vi en la tele.

Se trata de una bolsita de papel... sí de papel... la cual tiene impreso en el frente una inscripción la cual denota para que sirve dicha bolsita... ¿Y a que no se imaginan para que es? No... no para eso, mal pensados... Estas magníficas bolsitas, las cuales son no diferente a ninguna otra, están siendo vendidas como "bolsas de culpabilidad". No digan, "Say what?" Que eso es lo que dice la bolsita al frente... "Guilt Bag". ¿Cuál es el propósito? Pues el propósito es quitarse uno de encima, de su mente, lo que hizo en un acto de ligereza. Déjenme explicarles... supongamos que anoche usted salió con una dama con la cual no tenía ningún negocio en salir, pero que como estaba disponible usted dijo “let’s go baby”, entonces hoy su conciencia le está comiendo el cerebro... en tal caso, usted compra un paquetito de “guilt bags”, se va donde no lo vean y... saca una, y sopla (dentro de ella, de la bolsa) y sopla, y sopla hasta que la llene bien de aire (vuelvo y repito, la bolsa) entonces le hace un moñito para evitar que se escape el aire y ”BLAM”, la aguanta con una mano y le mete tremendo cantazo con la otra para crear una explosión. Y ahí, mi buen amigo, se le quita el dolor de conciencia que hace un momento tenía. Estas bolsas se están vendiendo como pan caliente, dijo el anunciador... 10 por 2.50. Dicen que todos los días se tira uno a la calle, pero en el caso de los gringos... se salen en manifestaciones.

TARDE QUE TEMPRANO...

"... Desde el cielo he recibido la noticia de que un ángel se ha escapado sin querer..."

Así dice la canción, pero en N.Y. hemos recibido la noticia de que el gobierno estatal, con la cooperación (o sin ella) de las compañías en el estado, han comenzado una campaña para comparar los nombres de los que trabajan con aquellos que reciben asistencia pública (welfare) para así descubrir quienes están embarrando el pan por los dos lados.

Según los últimos informes, aquí en el oeste del estado, se han encontrado mas de siete mil nombres de personas que trabajan y están recibiendo "welfare" a la misma ves. De esos siete mil casos, no todos se espera sean fraudulentos, puesto que muchas personas trabajan y reciben un suplemento puesto que lo que ganan en su trabajo es muy poco. Pero sí, se espera exponer o encontrar entre los siete mil, un gran porciento de casos de fraude y los que sean descubiertos, habrán de pagar cara por su agudeza o viveza la cual debían haber empleado en una forma más responsable y constructiva.

No sé aún cual será el castigo que reciban los maleantes, pero según rumores puede que, si son encontrados culpables del cargo de fraude, se les aplique y dicho cargo lleva un castigo severo. En primer lugar, pueden hacer al acusado o la acusada pagar el dinero que recibieron fraudulentamente para atrás; o, pueden imponer una multa, o pueden imponer encarcelamiento, o, si el juez se encuentra en un nivel como nos encontramos por lo general el lunes por la mañana, les puede imponer las tres para que aprendan los acusados y cojan una lección los que tienen en mente hacer lo mismo.

El "welfare" es una de las mas necesitadas oficinas del gobierno, especialmente para aquellos verdaderamente necesitados, y aunque hay mas blancos entre los que reciben asistencia que negros o puertorriqueños, estos últimos dos, son siempre acusados de ser los que mas piden y menos trabajan. Cuando se descubran los chivos veremos a ver quién es quién.

UN PASITO PA' LANTE... ¿DOS PA' TRAS?

Cuando el teléfono suena, y esto es a menudo, por lo regular quien contesta es una damita puertorriqueña que se ha ganado el cariño y el estimo de su jefe.

Esta dama a quien me refiero lleva por nombre Mercedes Pagán y sus amigos, esposo e hijos cariñosamente le llaman Medge. Ella tiene la responsabilidad de ayudar y dar información a aquellos que la necesitan en la oficina del C.A.O. (Community Action Organization) en el pueblito de North Collins. La señora Pagán es supervisada por el señor Ron Patterson quien por varios años ha venido llevando las riendas de dicha oficina. Ella siente orgullo de su trabajo, pero en ocasiones, como sucede siempre donde gente envidiosa enseña sus pezuñas ponzoñosas, se ha sentido hasta avergonzada de decir que es puertorriqueña. Nunca falta un mente-sucia a quien solamente le interesa denigrar el carácter de personas decentes. Estos mismos ratones son los que desacreditan la raza con sus acciones de idiotas y que cuando se ven en manos de la justicia empiezan a gritar "discriminación... discriminación...".

No es ningún secreto que en N. Collins la discriminación contra el puertorriqueño es abierta tanto en lugares públicos como en lugares privados, pero uno puede hacer un esfuercito para probar que los que discriminan están equivocados. ¡No en N. Collins!! Ciertos individuos que no saben controlar los espíritus del licor se esmeran por ponerse mas arrastrados que una víbora, llevando consigo el buen nombre del hispano que se esmera por progresar y darse a reconocer como un ciudadano digno de vivir donde le plazca sin ser abusado por la muchedumbre. La señora Pagán me informó que la muy conocida barra de Mike... "Mike Rustic Bar" donde los puertorriqueños que trabajan en las fincas durante los meses de verano solían reunirse, tendrá una gran apertura los días 24, 25 y 26 de noviembre bajo nueva administración. Allí entré yo a tirar un azimuto y preguntar sobre la admisión de hispanos al lugar. Mike, el nuevo administrador, me informó que todo el mundo es bienvenido pero ciertas reglas serán enforzadas... por ejemplo, el código de vestimenta será enforzado sin distinción alguna. No mahones, no "T-Shirts" no "sneakers" y no borrachos. Edad... 21 años con prueba de tarjeta de "sheriff". Yo veo aquí un pequeño problema para el trabajador de la finca que viene por unos meses y no se va a poner con mucho gasto para poder tomar una fría en un lugar de un ambiente y nivel mas elevado que una barra regular...

Pero quién sabe, ojalá y yo esté equivocado y los nuevos dueños de "Mike" promuevan el ejemplo de que todo el mundo es bienvenido en todos los lugares siempre y cuando que uno se sepa comportar... hasta en North Collins.

VIGILANTES---ESTILO 1981

"Como cambia el tiempo, la gente y la forma de vivir que nosotros conocíamos, ¿verdad?" Así me preguntó un gran amigo y conocido caballero de la comunidad hispana el día de "Memorial Day" cuando me honró con su visita. Su referencia era mas bien dirigida al problemaso que los hispanos residentes del "west side" de Búfalo están enfrentando a diario en esa área. Aparentemente (?) el negocito de las drogas se ha salido de su límite en el "W.S." pero muy especialmente en la calle Virginia esq. West. Los líderes de dicha comunidad están usando toda estrategia para ver si el alcalde Griffin y el Comisionado de policía Cunningham pueden establecer un cuartel de policía satélite en esa área que según algunos es imposible vivir en ella.

"Yo no me atrevo ni ir a la tienda", dice una señora. "A mi me han robado tantas veces que ya perdí la cuenta", dice un negociante hispano. "TALKING PROUD?" ¡No me haga reir!! Pero... ¿Quién tiene la culpa de que exista tan bochornoso problema? ¿el alcalde? ¿el comisionado de policía? La verdad duele, pero señor querellante, la culpa de lo que está sucediendo la tiene usted y solamente usted. Usted que ahora grita y quiere que le vengan a salvar su comunidad. Un cáncer si se trata a tiempo se puede curar. Reírse (usted sabe lo que es eso ¿verdad?) de un tumor o pretender que no existe, no lo cura nadie. El cáncer del "west side" se ha venido desarrollando hace muchos años, pero usted, señor querellante, prefirió hacerse el de la vista larga. Ver un tipo en la calle fumando yerba para usted era un "a mí que me importa" ... ver un tipo vendiéndola era un "tu no has visto ná". ¿Se acuerda? ¡¡Yo sí!! Yo dudo que la mayoría de esos tipos del bajo mundo sean naturales de aquí. Como sabemos, Búfalo tiene la reputación de ser una ciudad fácil de operar en ella no importa de lo que se trate. Los maleantes lo saben, se mudan aquí y con la cooperación de nuestros jóvenes que son mas bien seguidores y (de liderato están fatales) se hacen. Ahora usted, señor querellante, quiere que a cuesta de los "taxpayers" le pongan una estación de policía para poner paro a tan bochornoso problema en el W.S.

¿Usted quiere solución? La ley entra por casa. Formen un comité de vigilantes, saquen los tíos esos de su barrio... usen bates, puños, lo que se necesite... limpien su patio y solo entonces, llamen al alcalde y al comisionado y díganle... "Ya limpiamos el patio, ahora ustedes asegúrense que permanezca limpio".

Un programa de T.V. en años ya pasados llevaba por titulo "YOU ASK FOR IT", pero años después apareció Charles Bronson en la película "DEATH WISH" ¿de qué se trataba? Si no sabe, pregúntele a alguien que la vio.

VIAJE AHORA... Y PAGUE AL MOMENTO

Las líneas de aviones, por años han estado sufriendo de un dilema llamado "asientos vacíos". En gran cantidad de vuelos son muchos los asientos que van vacíos y para remediar la situación, algunas compañías han traído al mercado el llamado --y muy conocido-- "no frill" en sus vuelos. "No-frill" significa que el pasajero paga menos porque opta por pasar por alto algunos servicios ofrecidos en dichos vuelos tales como un traguito por la casa, desayuno en los vuelos temprano en la mañana, almuerzo y así sucesivamente. Muchas personas que nunca pensaron viajar a lugares como Europa, Acapulco en México y otros lugares conocidos, ahora lo pueden hacer debido a los precios reducidos.

Pero de momento por lo menos dos compañías han decidido que el que paga más merece más, o sea, que son de opinión que el que paga boleto completo debe tener ciertos beneficios sobre aquellos que no. Esto es justo, creo yo, y así debe ser en todos los servicios públicos. ¿Cómo puede, pregunto yo, ser un pasajero que paga boleto completo separado del que viaja en descuento? En casos así es cuando el cerebro de los P.R.'s (relaciones públicas, no puertos) se ganan sus centavitos. Por ejemplo, comenzando este mes, American Airlines y Trans World Airlines ofrecerán ciertos servicios al pasajero que paga boleto completo que no les serán ofrecidos al que viaja en descuento.

El que paga completo recibirá las siguientes cortesías: Al hacer su reservación, su asiento le será asignado hasta 30 días de anticipación y también puede reservar su asiento en el vuelo de regreso. (Cosa muy cómoda).

El día de partida, al llegar al aeropuerto, será atendido en una línea corta y rápida en comparación con los de descuento. (Lo peor del mundo es hacer fila, ¿verdad?)

A la hora de abordar el avión, serán llamados primero que los de barata. (Nice, man, nice).

Una ves dentro de la nave, encontraran guarda-ropas disponibles pero los cuales serán cerrados antes que entren los de descuento. (Para esta hora ya debían haber ido a pagar el balance y dejar de pasar tantas vergüenzas).

Serán sentados en una sección más cómoda.

Y por fin (esta regla vale la pena) ... las bebidas y las comidas les serán servidas primero y estas serán más variadas.

Esto es, un ejemplo de lo que puede esperar toda aquella persona que quiera volar pero que del bolsillo no quiera sacar, (eso rima). Así que, si usted piensa viajar en barata, recuerde que muchos servicios no estarán a su disposición y mi consejo es que no tome mucha cerveza en el aeropuerto por si el otro servicio también está fuera de su alcance. ALL ABOARD!!

WELFARE... FUENTE DE INCOMPRENSION

En parte la Declaración de Derechos Humanos de las Naciones Unidas dice así: "Cada cual tiene derecho a un nivel de vida adecuado para su bienestar y salud al igual que su familia incluyendo comida, ropa, vivienda, atención médica y los necesarios servicios sociales. También el derecho a seguridad en caso de desempleo, enfermedad, desabilidad, pérdida de esposo/a, vejez o cualquier otra circunstancia sobre la cual no tenga control." En otras palabras, las Naciones Unidas en su Declaración dicen claramente que cada cual tiene derecho a vivir como un ser humano no importa que circunstancias le afecten.

La oficina de Asistencia Pública, mejor conocida como "Welfare", tiene como función principal ayudar aquellas personas que se ven en necesidad de ayuda gubernamental cuando se les hace imposible proveer su propio sustento.

De estas personas, tenemos miles y miles. En su mayoría, estos recipientes de asistencia son verdaderamente personas necesitadas, pero el hecho que nada es perfecto y entre los miles se encuentran un sinnúmero de buscones sin escrúpulos, tiende a dar la impresión qué todo el que solicita ayuda pública es un vago, una persona que quiere vivir del sudor del que trabaja. Afortunadamente, sabemos que tal no es el caso.

Recientemente hemos tenido casos de asalto contra los empleados de las oficinas que extienden dicha ayuda al público. En la mayoría de los casos (de asalto) el o la asaltante es una persona cuya ayuda a sido terminada o reducida. Los empleados, con razón, piden que se les ofrezca mas seguridad para su protección personal contra dichos asaltos. En un caso reciente, una mujer trató de atacar un trabajador social con un martillo porque dicho trabajador le dijo que su asistencia sería terminada hasta que ciertos requisitos fuesen adoptados. "Say

What?" Gritó la doña y "bingo" le hizo entrar a martillazos. El juez le impuso una fianza de $5000.00 la cual la señora no pudo prestar y en la cárcel durmió. ¿Qué induce a un individuo a ponerse violento en estos casos? Los factores, creo yo, son varios... desesperación, pánico, ira son algunos de ellos, pero un factor que no podemos ignorar lo es el factor comprensión. En los años que estudié "Social Welfare" en la Universidad de Búfalo, discutimos no tan solo la necesidad del recipiente sino también la falta de incomprensión de ciertos empleados de dicho departamento para con dichos recipientes. El hecho de que la mayor parte de los empleados son de la llamada clase media y los recipientes en su mayoría son personas pobres no les da derecho a dichos empleados a tratarlos como si fuesen una pila de m... La ingratitud de la necesidad es suficiente sufrimiento sin tener también que soportar abusos denigrantes de parte de aquellos (como los empleados del "welfare") que no tienen necesidad alguna.

WANTED: GOBIERNO CON DIGNIDAD...

Los juegos panamericanos que se celebraron en Puerto Rico el pasado julio de 1979 fueron un gran éxito en todo el sentido de la palabra menos uno. Este menos uno me ha dado que pensar sobre la política y el futuro (?) de esa islita que tanto queremos.

Resulta que el equipo de basquetbol de Estados Unidos fue dirigido por el célebre, controversial y déspota adiestrador de la Universidad de Indiana, Bobby Knight. El tipito este, como muchos americanos, se creen que lo que no es de Estados Unidos no vale nada inclusive de la justicia.

Durante la celebración de los juegos el Knight (que de Knight no tiene nada) le metió tremendo puño a un policía boricua que le llamó la atención cuando en el campo de práctica el niño mimado de Knight protestó sobre el tiempo dado para practicar y a la vez hizo referencia a un grupo de mujeres brasileñas que allí también practicaban como "gente sucia." El policía dijo que Knight le pegó cuando éste le iba a dar una cita para su arresto. Knight, por el contrario, dice o dijo que el creyó que el policía lo estaba amenazando y alzó las manos en defensa propia. Sin lugar a duda, uno de ellos está mintiendo, pero la corte fue la decisiva y encontró a Knightito culpable; le impusieron 6 meses de cárcel y una multa de $500. Pero que pasa... el niño mimado no tuvo la decencia, si es que tiene alguna, de presentarse en corte tal como lo había jurado, los abogados defensores (puertorriqueños) optaron por renunciar defenderlo debido a que según ellos el jijo éste hizo comentarios sobre la seriedad del sistema judicial de Puerto Rico. El juez, por supuesto, les negó la moción. Aquí en Estados Unidos, donde se predica la moral en calzoncillos, no tan solo el presidente de la Universidad de Indiana, John Ryan, se negó aceptar la resignación de Knight como adiestrador del equipo, de dicha Universidad, sino que incluyó en su comentario que él (Ryan)... "cree que la verdad de lo que aconteció en Puerto Rico es lo que dice y como lo dice Knight y eso y nada mas que eso es lo que el cree... Knight no miente." Con esto el baboso éste quiso decir que lo que el dice un hombre sin escrúpulos, que ha tenido problemas con la prensa, sus jugadores, los árbitros etc. Etc., tiene mas valor que lo que dice un policía o un juez de la Corte Distrito de Puerto Rico. Pero el Gob. De Indiana no se queda atrás tampoco. El jurado en Televisión y la prensa que, si el gobierno de la isla busca las maneras de que Knight sea sujeto a extradición para servir su sentencia en la isla, él (el gobernador de Indiana) no firmará los papeles necesarios para que este acto se lleve a cabo. Y a todo esto que dice el gobierno de Puerto Rico... "Bueno Mijo, ahí cuando tu quieras y creas que tienes tiempo". Y el buen Knight dice... "si ustedes se creen que voy a ir a la cárcel en ese país o pagar multa alguna, se pueden ir para el mismo... con el apoyo del gobernador y otros altos oficiales." El respeto hay que ganarlo... a Puerto Rico, no se le tiene ninguno... ¿Por qué será?

YERBA MALA / MALA YERBA

Sin lugar a duda, uno de los puntos políticos mas controversiales de esta década no lo es la guerra en el Mediterráneo, ni el Mediano-Este, ni los precios del petróleo o el gas natural, tan necesitado por millones de familias en este país para un sinfín de necesidades. No... el punto mas discutido lo es el de legalizar o no legalizar el uso de la marihuana.

Las opiniones de los expertos (ahora todo el mundo es un experto en algo) varían en tal forma que no se sabe a quién creer. Un experto (que a lo mejor se copió cuando cogió el examen médico, dice que la marihuana es el principio del uso de drogas mas potentes. Que una vez un individuo comienza a usar a Doña María no para ahí, sino que se gradúa a usar otras mas fuertes y peligrosas tales como Cocaína, morfina, etc. Luego aparece otro experto que dice que la marihuana causa defectos en los bebés si la madre (de ellos allá) la usa cuando está embarazada. También dicen que los hombres que usan la marihuana pueden quedar estériles. ¿quién tiene razón? ¿Quién habla con merecida autoridad? Ninguno... ¿saben por qué? Porque al usar el dinero de nosotros los "taxpayers" que le da el gobierno para hacer sus investigaciones tienen que dar alguna prueba de que han estado usando el dinero debidamente, pero la verdad es que tantas opiniones tienen al público más confuso ahora que nunca.

Yo, de mi parte digo, cada loco con su tema, al que le guste, allá el, pero si quiero hacer mención de articulo en la columna de Jack Anderson, columnista de Washington, quién asegura que el gobierno de Estados Unidos está pagando millones de dólares a México y Colombia para que rocíen los cultivos de marihuana con un veneno conocido como "PARAQUAT"; el cual destruye la planta. Pero el pecado es que los traficantes, sabiendo esto, la cortan (después de rociada) y la traen al mercado inmediatamente puesto que el veneno tarda como tres días en hacer efecto a la planta. Los traficantes no están trabajando para el departamento de salud... ellos están en el negocio de hacer dinero... sucio, limpio... who cares? Mientras tanto, en el patio o el "playground" de una escuela, un maleante esta vendiendo yerba contaminada que si no te afecta de un lao' te da la pata' del otro.

El que la quiera usar, son sus "business" pero envenenarse con la ayuda del gobierno y nuestros "taxes" eso es como jugar "Russian Roullet". Si la yerba es buena o no ... yo no se pero que el PARAQUAT le limpia el pico a cualquiera... ni hablar.

YA LLEGARON... LOS SATELITES

Dos cosas que yo creo causan una terrible ansiedad lo son los telegramas y las llamadas telefónicas tarde en la noche. Ambos le ponen a uno el corazón a palpitar como el reloj de la plaza de Añasco.

Recientemente recibí una de esas llamaditas tardes y en lugar de asustarme me alegré porque era mi buen amigo Pedro Pérez Pagán, el pintor, de quien hacia mucho tiempo no sabía. Me dijo que acababa de llegar del Oeste y que quería saber si ya habíamos empezado la guerra con los rusos. Me sorprendió tal pregunta, por supuesto, y le pedí que me explicara mejor. "yo leí en el periódico que los rusos tiraron un satélite en Canadá y ahora tiraron otro en la Avenida Jefferson de Búfalo y para mí esto significa guerra" ... "mira Pedro", le dije, "tu estas mas confuso que algunas de tus pinturas, no estamos en guerra con los rusos ni con nadie por el momento... lo que pasó fue que un satélite ruso cayó en Canadá después de muchos años en órbita y se temía que hubiese contaminación de radiación... pero creo que no encontraron nada peligroso a nuestras vidas. ¿Me entiendes?" "Si te entiendo" me contestó, "pero... ¿y que hubo con el que cayó en la Jefferson?" En la Jefferson no cayó ningún satélite... lo que pasó fue la nueva administración de la alcaldía y el nuevo Comisionado de policía, James Cunningham, decidieron abrir un precinto de policía provisional en las áreas donde existe mucho crimen y la de la Jefferson es la primera y la gente que allí reside está muy contenta porque dicen que ahora no tienen miedo de ir a la tienda o el banco etc. Este satélite policiaco abre sus puertas de 8 de la mañana a 8 de la noche." "Como estuvo eso?" me preguntó sorprendido el pintor, ¿de 8 a 8? ¿y que pasa después de las 8 de la noche?" "Pues yo creo", le dije "que a lo mejor los criminales de esa área solamente trabajan de día y para que tener una oficina abierta si no tiene negocio." "Pues si yo fuera criminal lo único que tengo que hacer es cambiar mi itinerario y salir de noche en lugar de día, ¿no crees?" Me preguntó nuevamente, "si, yo así lo veo... pero como hace muy poco tiempo que se inauguró, no debemos juzgar sin ver los resultados, primeramente." "Dígame Ramón", volvió a preguntar mi amigo el pintor que no me dejaba dormir, "¿y ese es el único satélite que tienen en la ciudad?" "Por ahora es el único", le contesté, "pero piensan abrir otros en áreas crónicas con crímenes... hace poco mataron una señora en la sección de la Avenida Walden y Bailey y el domingo pasado la gente se reunió con el comisionado de policía, el alcalde y wall to wall politiqueros y ellos también quieren que se establezca un satélite en su área. El problema que yo veo con dicha petición es que, si cierran el satélite a las 8 de la noche, no les va a hacer ningún bien puesto que esta gente se va al bingo y vienen a las 11 o 12 de la noche y entonces es cuando los asaltantes le caen encima como fieras hambrientas, ¿te fijas?" "Si Ramón, eso no tiene sentido a menos que hagan lo contrario a la de la Jefferson... o sea, que si abren un satélite en el área Bailey-Walden que la abran de noche, ¿verdad?" Tu idea no esta mal" le dije, pero lo que yo veo es que esto va a parecer como una protección "personal" a ciertos individuos y el resto de los ciudadanos no se van a sentir muy contentos con dicha acción. El comisionado debe ver que toda la ciudad y no secciones estén debidamente protegidas y que sus residentes no tengan el miedo y la ansiedad que tienen hoy día de ir fuera de sus casas.

"Bien dicho Gallardo", me dijo Pedro, "ojalá y todo salga bien y dé resultado... te dejo por ahora y que vivan el vino y las mujeres bonitas..." "Y los satélites" le contesté mientras meticulosamente enganchaba mi ya muy caliente teléfono.

EL BRINDIS DE UN SADISTA

"El mundo tiene que acabar porque la gente que vive en él está loca..." Así dicen varias personas cuando uno les comenta sobre los últimos acontecimientos, sean estos locales o mundiales.

Por lo general uno acepta dichos comentarios como una expresión de quién no comprende algo y lo halla extraordinario. Pero si ese es el caso, en ese grupito caigo yo también. Es imposible que yo en mi capacidad de humano (aunque mi esposa dice que todos los hombres son "a bunch of animals") pueda ir a celebrar (y esto lo digo enfáticamente) un evento donde vidas humanas, dolor y miseria fueron los integrantes principales. Estos actos de celebración, créanlo o no, se están llevando a cabo en varias partes del mundo y lo increíble es que, como una epidemia, ya también hizo su entrada majestuosa en la gran ciudad de los "copycats" ... Búfalo.

Cuando el barco de lujo "Titanic" hizo su viaje fatal y aunque le llamaban ser a prueba de hundimiento, se jundió, después de chocar contra un lurte "of iceberg", llevando consigo al fondo del océano Atlántico mas de mil personas, aparecieron rápidamente en la ciudad un grupo de dementes los cuales alquilaron un lugar y lo decoraron lo mas asimilado posible al salón de baile de dicho barco para "celebrar" las últimas horas de vida de aquellos desafortunados que se fueron al fondo del océano en aquella trágica noche. En otras partes se han celebrado fiestas en conmemoración de la masacre del general Custar en "Little Big Horn" y así sucesivamente.

Pero yo siempre creí (tal como los accidentes) que eso solo sucede, o en el otro lado o a otra persona... pero que equivocado estaba yo... el sadismo llegó también a Western N.Y., y especialmente a la ciudad de Búfalo. Mientras las otras celebraciones de tragedias eran contenidas a solamente el día que sucedieron, Búfalo celebró su ya famoso "Blizzard of 77" con no uno, sino tres días de fiesta. Hubo reuniones, bailes, comelonas y tragos al granel. El periódico local dice que la concurrencia a casi todos los lugares festivos era tan grande que en muchos lugares tuvieron que cerrar las puertas para no admitir a nadie más.

Yo siempre fui de la creencia que solamente celebramos eventos de alegría y de felicidad tales como la independencia, un aniversario, un cumpleaños, etc., pero como todo cambia, creo estar un poco atrasado... ahora en los velorios no se llora... al contrario, se goza y después del entierro hay una comelona con licor y música a to' lo que da. Se acabó la cortesía... venga la fiesta... pero, algún día lloraras, con el corazón herido...

YO... EL JURADO

"¿Que estaba usted haciendo el día 7 de enero?" Le preguntan a un paisano, "No recuerdo", contesta el. Pero si le preguntan al oficial policíaco hispano Raúl Russi, que qué estaba haciendo el día 30 de abril de 1980, el indiscutiblemente le dirá que estaba peleando por su vida. En ese día un maleante le disparó al oficial Russi volándole casi una pierna, la cual, gracias a Dios, fue milagrosamente salvada por los doctores. Pasaron los días, las semanas y por fin llegó la hora esperada por amigos, policías, negros, blancos; era la hora del examen final del asaltante Charles L. Harris.

El jurado escuchó toda la violencia, vieron el resultado, ya que Raúl Russi ha de quedar inválido por el resto de su vida, y después de una determinada deliberación llegaron al acuerdo que Charles L. Harris al volarle la pierna al oficial Russi y dejarlo incapacitado por el resto de su vida, no... repito, no, intentaba matarlo.

Russi es puertorriqueño, un oficial que se ha distinguido en la fuerza policíaca por su valor y su dedicación a su trabajo. Su compañero de peligro, el oficial Joe Ransford, lo considera como un hermano tanto en el trabajo como fuera de él. El maleante Harris, es negro, hombre de poco valor, hombre (?) de poco mérito, hombre de quién muy poco se puede decir sin que le sepa la boca a uno a mal gusto... Ese animal, considerado hombre, fue exonerado por un jurado en la inexplicablemente atrasada ciudad de Búfalo de los cargos de atentado a la vida. De la forma que yo lo veo es la siguiente: Se sienta el jurado a deliberar... "Mira Joe, el policía estaba haciendo su trabajo, y cuando trató de arrestar al tipo este, éste, quién tenía pistola propia, no le importó que él matara o lo mataran... estaba dispuesto a todo". "Tienes razón, Bill, pero no te olvides que el tipo es negro y si lo encontramos culpable la raza va a gritar discriminación y yo tengo mi buena casa en suburbio y no voy a exponerme, por salvar un policía, no importa lo bueno que sea, y muy especialmente si es un puertorriqueño." ¿Entonces en qué quedamos?" ... Quedamos en que el malhechor no hizo nada intencionalmente, pero lo podemos encontrar culpable de otros delitos menos ofensivos... ¿Qué dicen ustedes?, el resto de idiotas... digo de jurados?" "Para que me critiquen los negros, mejor que me critique la policía, a ellos yo no les tengo miedo" ... ¡¡ Aplausos!!

Así se decidió el veredicto de Charles L. Harris quien, según el fiscal, puede servir un promedio de 6 a 7 años y salir libre a matar o incapacitar nuevamente... ¿y el oficial Russi?... ¿Russi Who?

"Padre Nuestro Que Estas En Los Cielos..."

EL QUE IMITA… NUNCA IGUALA

EL SEMANARIO LATINO conectó de cuatro esquinas con su serie de editoriales y artículos describiendo algunos de los problemas que afectan al desarrollo y el progreso de la comunidad hispana, pero… (siempre hay un pero) faltó un punto importante que discutirse y el cual soy de opinión tiene mucho que ver con dichos problemas.

En primer lugar, los hispanos (y muy especialmente los P.R.) quieren vivir dos vidas en dos culturas muy distantes la una de la otra. Los hombres hispanos se esmeran por mantener el llamado "machismo" el cual les da un símbolo de superioridad sobre el sexo débil (?) y muy especialmente si ésta es su costilla, o sea, su esposa. La pobre mujer no sale ni a coger sol y mucho menos a envolverse en reuniones y actos en la comunidad donde viven.
El hombre se va a la barra a vacilar con los amigos y a jugar dominó y no le importa lo que a su alrededor sucede, pero que tampoco deja que su mujercita se interese o participe. A veces (no siempre), yo creo que dichos actos de machismo son más bien "actos de celos" … y los celos, en su mayoría, son actos de inseguridad.

Pero no se le puede echar toda la culpa al hombre… no señor; la mujercita, que no participa en nada, también tiene culpa puesto que quiere estar en misa y repicar las campanas y esto sabemos que no es posible. Ellas tienen la costumbre de su país (la cual no es mala) de creer que ninguna mujer decente frecuenta barras. Esto puede ser cierto, pero no en todo caso… si una mujer casada o soltera frecuenta una barra pública o privada –tal como en un club—con su esposo o novio, esto no la hace menos. Respetar para ser respetado es un dicho favorito mío. Por otra parte, dichas damitas quieren imitar a las "gringas" en todo lo que éstas hacen… se ponen falditas "micro-mini" y se ponen mahones más "pegaos" que una cáscara de plátano, etc., etc. Entonces… ¿qué solución tiene dicho problema? … sinceramente, no lo sé. Pero si, creo que, si se interesa vivir dos vidas en dos culturas diferentes, se le debe dar tanto a una como a la otra… o sea, los hispanos que mantenemos y vivimos orgullosos de nuestra cultura, también debemos dedicar un tiempito a la americana. El machismo es (quizá) parte de nuestra cultura hispánica, pero el envolverse en política y funciones públicas es también parte de la cultura americana; las faldas cortas y los mahones bien pegados son (por ahora) parte de la cultura americana, pero también lo es el atender los "meetings" del "Parents-Teachers Asoc." (P.T.A.), también lo es tomar acción política tal como lo hace la "Liga de Mujeres Votantes" (Women Voters League).

Por lo tanto, si le damos a Juan, démosle también a Pedro. Un dominito de vez en cuando es chévere, pero un "meeting" de la comunidad también lo es, y el pensar por sí mismo es un mérito… si un esposo no desea envolverse en el desarrollo de su comunidad y le prohíbe a su esposa envolverse también, ella debe usar la segunda cultura –la americana—y decirle… "porque tu no quieras comer, no voy yo a morirme de hambre…"

FIN

Victor Manuel Aguilar Sanchez, Editor

Nació en la Ciudad de México el 19 de julio de 1975, es el segundo hijo del matrimonio de Mario de Jesús Aguilar Reyes y Dulce María del Carmen Sánchez Salazar, cuando iba a cumplir los 23 años, acompañado de sus dos hermanos y sus padres, se mudaron a la ciudad de Mérida, donde reside desde entonces.

Siempre ha sentido curiosidad por el saber de las cosas, ha trabajado desde los 14 años, primero en la ciudad de México como lecturista de máquinas copiadoras, más tarde como diseñador en un taller gráfico, y prácticamente desde entonces, ha seguido inmerso en este apasionante mundo. Allí aprendió desde la creación de las imágenes, la preparación de archivos para impresión en distintas técnicas, como la serigrafía, el offset, la clásica imprenta, el manejo de las películas con negativos y positivos. También ha tenido algunas participaciones en la mecánica automotriz, y tal vez la segunda curiosidad más grande en la que se ha inmerso, es la programación de computadoras, que desarrolla desde que contaba con únicamente 10 u 11 años.

Después de hacer varios intentos por conseguir trabajo en el campo del desarrollo de software, el destino se empeñaba en mantenerlo en el área del diseño gráfico haciendo crecer la experiencia y el área de dominio. Una de estas áreas, es el diseño editorial, en el que se sumergió desde el diseño de portadas, diseño de interiores, elección de tipografías y en cada una de las apasionantes áreas de este campo.

Hay oportunidades en la vida que nos sorprenden, y está en nosotros tomarlas o no. Mi consejo: Es preferible alimentar nuestra experiencia de pruebas y errores y no desmotivarnos si las cosas no salen como lo esperábamos, ya que el verdadero fracaso habría sido el no haberlo intentado. Hoy en día, contamos con mucha y muy variadas tecnologías y muchos medios a los cuales podemos dirigirnos; está en nosotros el saber aprovechar las oportunidades que ofrece cada momento en nuestra vida y continuar instruyéndonos para poder ser útiles en cualquier ocasión por más adversa que se nos presente.

GRACIAS

Nos gustaría dar las gracias a las siguientes personas. Todos ellos, en cualquier forma, tenían mucho que hacer en la puesta en marcha del viaje de Gallardo.

Angelica Aquino
Solomon Joseph
Juventino Tino Mejia
John Moffitt
Roslie Roman
Susie Gallardo
Frank W. Berger
Raul Gonzalez